遺品整理屋は見た!!

天国へのお引越しのお手伝い

吉田太一

幻冬舎文庫

遺品整理屋は見た!!

天国へのお引越しのお手伝い

いひん・せいり・せんもん・ぎょう【遺品整理専門業】

人が死亡した際に遺《のこ》される家財一式を、遺族に代わって整理・移動・供養等を専門に請け負う業者。遺品の片づけなど物理的なことだけでなく、遺族へのアドバイスを含め、よき話し相手となるなど精神的なサポート力も必要とされる。核家族化が進んだ現代においては、すでに欠かせない存在であり、社会的にも広く認知されつつある。ある意味、現代社会が抱える問題が作り出した仕事とも言える。

まえがき

遺品整理という、人の死に接する仕事を始めて五年半が過ぎました。おかげさまで私どもの仕事も世の中で認知されるようになり、マスコミの取材もずいぶん受けるようになりました。その際によく、「この仕事を始める前と後で、死に対する感覚が変わったか」といった主旨の質問をされるのですが、「死が必ずしも悲しむべきものだとは思わなくなった」というのが私の率直な感想です。

孤立死された独居老人の方々の遺品の片づけをお手伝いしていると、ときどきこんな思いに駆られることがあります。

（この人は、もっと長生きしたかったんだろうか？　それとも、もっと早く逝《い》きたかったのだろうか……）

自らの命を絶つこともできず、唯一の社会との接点である壊れかけのテレビを眺めながら来る日も来る日も誰と会うことも話をすることもなく、うす暗い荒れ果てた部屋の中でただ死を待つばかりの人生……。

どんなに悲惨な人生であっても、人は最後の最後まで生き続けなければならないし、生き続けるべきである――。口で言うのは簡単だし、しかも安全です。でも、本当にそうなのだろうかと、たくさんの悲惨な人生の終焉《しゅうえん》を目にしてきた私はそう思わざるを得ません。

ひとりの人間が孤立死するまでには過程があります。言い換えれば原因があります。その原因が個人の資質や性格、あるいはその生まれ育った環境に帰する場合もあるでしょうし、社会に求められるべきこともあるでしょう。孤立死は個人の問題であると同時に社会の問題でもあるのです。

まだ私には、こうすれば一〇〇パーセント解決できるという方法は見出《みいだ》すことはできていません。でも、何パーセントかでも減らす努力を続けていくしかないと思います。

しかし、この大切な取り組みは本来ビジネスとして取り組むべきことではなく、同じ人間として生まれた仲間に対する社会的貢献活動として行われるのが望ましい精神的な介護支援といえます。この社会が作り出した精神的に不健康な方々は身をもって警告を鳴らしてくれているのだと言っても過言ではありません。

人間は、単独では生活できない生き物です。そして国も家族も複数の人間が集まって生活していきます。その中で起こりうるそれぞれの感情のバランスをとる仕組みは生きることに対する基礎となり核となるものです。

いま起こっている警告を真摯《しんし》に受け止め、いまの日本で起こっている現実をどう見直していくか、行政機関も含め本音で対処していかなければならない最重要課題なのだということを伝えていければと思っております。

遺品整理屋は見た!!　目次

第1話　私宛の遺書
責任感が強く、真面目な
故人が残していったものとは？

「血の跡と死臭がひどいんです。いまから来ていただけませんか？」

せっぱ詰まったその声に、私は壁の時計に目をやりました。

すでに夜八時を回っています。おそらくもう従業員たちは帰ってしまっているはず。となると……自分が行くしかない。私は、これも縁だと自分に言い聞かせ「わかりました」と返事をしました。

「一時間後でしたらうかがえますが……」

「お願いします。私は警察のほうに行かなければならないので、大家さんに声をかけて清掃と消臭の作業をしておいていただけませんか？」

「後で、いらっしゃるんですね」

「今日は行けそうにないので、作業が終わったら大家さんに確認していただいて電話

くださ い。後のことは明日電話で打ち合わせさせてもらえるとありがたいんですが」

「それはかまいませんけど、料金も発生することですし、見積もりの金額もご了承していただかないといけませんので、作業前にご確認いただきたいのですが……」

「どれくらいの費用がかかりそうですか？」

「いまの時点では、現場を見ていないのでなんとも言えませんが二十万から三十万ほどかかる場合もございますしね、死臭がきつい場合ですとさらに消臭作業に二週間の時間と別途費用も発生するかもしれませんが、ご了承いただけますか？」

「それくらいの費用はかかると思っていましたのでよろしくお願いします。とにかくご近所にご迷惑がかかっているようなので、できるだけ早急に処置をお願いしたいと思って」

私は、現場モードに気持ちを切り替えて返事をしました。

「わかりました。では、本日は清掃と消毒と死臭の除去をして、後日家財の撤去を含めた作業を行わせていただくということでよろしいですね」

現場となったマンションはまだペンキやコンクリートの匂《にお》いがする新築の物件でした。その三階の一室が今回の現場です。

大家さんに借りた合い鍵でドアを開けたとたん、室内に充満していた死臭が一気に私の顔面に押し寄せ、私は思わず顔をそむけドアを閉めました。

「臭《にお》いには慣れっこ」だとさんざん豪語していたではないかと思われる方もいると思いますが、今回の臭いはいつもの死臭とは違っていたのです。腐乱臭のような鼻をつくような臭いではなく、なんとも形容しがたい生臭い臭いでした。

故人が発見されたのは死後四日。首吊り自殺でした。クーラーがきいていたからか腐乱臭はなかったのですが、遺体がぶら下がっていた真下の床にしたたり落ちた血液と一見サラダ油のような体液がその臭いの発生源だったのです。

現場に入るときは、すでに死臭に対応する態勢が整っているのでショックはないのですが、今回の現場でかいだ臭いは想定外だったので鼻がとまどってしまったのです。麦茶だと思って飲んだら薄いアイスコーヒーだった。そのときの驚きはちょうどそんな感じでした。まさに不意を衝かれたのです。

ワンルームの室内はとてもきれいに整理整頓《せいとん》されていて、故人の几帳面な性格が表れているようでした。部屋の突き当たり右に置かれたベッドの脇に押し入れがあり、その押し入れのいちばん上の段の仕切りにロープをかけて……ということのようです。

ベッドと押し入れに足をかけ、そのロープをほどきながら私は、自分がこの仕事にすっかり慣れてしまっていることをいまさらのように実感しました。たったひとりで自殺現場にいることに対してなんの抵抗も感じていないのですから。

こんな仕事をしていなければ掃除はおろか、部屋の中に足を踏み入れることですら無理だったと思います。

ロープを片づけたら、床に広がる体液を大量のトイレットペーパーに吸い込ませて、それをトングやチリ取りを使ってビニール袋の中に入れていきます。液を拭《ふ》き取ったら次に特殊な洗剤をまいてデッキブラシで凝固しかけている血液をこすり落とし、それをまたタオルで拭き取っていきます。

床の上に四つんばいになり、血液でみるみる赤くなっていくタオルを忙しく動かしながら、ふと自分はどうしてこんなことをしているのだろうと考えていました。「こんなことはしたくないのに」とか「仮にも自分は社長なのに」といった意味ではなく、普通こんなことを仕事にする人はあんまりいないだろうなあ。なのに俺はこれを自分の仕事にしているんだよなあという、正直な感想というか感慨なのです。

床が周囲と変わらぬ色とつやを取り戻したら、仕上げに消毒液を散布して作業は終了です。けっきょく作業は二時間ほどで済み、日付が変わる前には帰社することができました。

それから四日後、家財整理の見積もりをするために私は再びそのお部屋を訪ねました。そこにはすでに、葬儀を終え荼毘《だび》に付された故人が遺骨となって戻ってこられていました。そのとき初めてお会いする故人のご両親は、気丈に振る舞っておられましたが、私がお見積もりの話をしていますと、突然お母さまが「すみませんけど」と消え入りそうな声で私にこうおっしゃったのです。

「本人が遺書を残していってるんですが、読んでやっていただけませんか？　これは本人の気持ちなんです」

そう言うとお母さまが、四つ折りにされた便せんを私のほうに差し出しました。

「えっ！」私は一瞬絶句しました。

「私が、遺書を私が読むんですか？」

「ええ、本人の遺志なのでよろしくお願いします」

私は、おそるおそる遺書を開いてその文面に目を通しました。

『○○さん、○○様。そして警察の方、管理会社の方、清掃してくださる方。私の勝手な行動でご迷惑をおかけしてすみません。お手数をかけますがなにとぞよろしくお願いします……』

最初から最後まで、感情を抑え淡々とした文章でしたが、胸に迫るものがありました。その遺書を読み終え、お母さまのお顔を見たとたん、私の目から涙が込み上げてきてしまいました。その場に立ち会っていた管理会社の方も同じ気持ちだったと思います。何か言おうとしても言葉にならず、黙ってうなずくことしかできませんでした。

自分の死を目前にした人間が、ここまで冷静な文章が書けるものなのでしょうか。書いているときは、いったいどんな心境だったのでしょうか？

凡人の私には、わかりません。ただ、よくわかったのは故人がとても責任感が強く真面目な方だったということでした。

ご家族に宛てた遺書もあったようで、お母さまのお話では息子さんは、仕事に行き詰まっての自殺のようでした。

二十八歳で独身の男性のひとり暮らし。

新しい職場に移ってまだひと月足らずの悲劇だったそうです。仕事はよくできるほうで、その会社にもヘッドハンティングのような形で転職が決まったそうです。しかし年齢が若いせいもあり、片方では自分の存在感を示さなければならないのと同時に、部下となった社員との間に摩擦が生じてそれがストレスになっていたらしく、お父さまにもいちど相談の電話があったとのことでした。

日本では、何年ものあいだ連続して自殺者の数が三万人を超えていることは誰もが知っています。しかし、それが自分の身内の中から出ることを想像できる人がどれだけいるでしょうか。おそらく息子の自殺を食い止めることができなかったお父さまは自分を責めたことと思います。いくらわが子でも、離れて暮らしていればその兆候に気づくことはなかなかできないのではないでしょうか。

翌日、ご両親は日本海の離島に遺骨となったわが子と一緒に帰っていかれました。

本当に自殺しなければならない人間なんて世の中にひとりもいないと思います。故人に誰かひとりでも悩みを打ち明けられる近しい友人がいれば、今回の悲劇はなかったのかもしれません。二十八歳の若さで自らこの世を去った故人のご冥福《めいふく》をお祈りいたします。

いま世間では〝自殺〟という言葉に代わって〝自死〟という表現が使われるようになってきました。自害、自決、自尽、自裁などという表現を使う方もおられますが、亡くなった人を尊重すると同時に、自ら死を選んだというその選択を認めてあげようということだそうです。しかし、その呼び方はどうであれ、残された遺族が激しい悲嘆の感情に飲み込まれることに違いはありません。日常生活に支障をきたしてしまうことも往々にして起こるのです。ひとりの自死者の背後にはその何倍もの数の（約五倍といわれています）遺族がいて、立ち直るのに何年もの時間を要するのです。

息子さんを亡くされたこのご両親が、悲しみのどん底から一刻も早く立ち直ることを願ってやみません。

第2話 〝立つ鳥跡を濁さず〟とは言うけれど「こんな親父、葬式するのももったいないくらいよね」

遺品とか遺産という言葉を聞くと、「カネ目のモノ」を想像してしまう人が多いようですが、借金のような負の遺産に限らず、欲しくなかった遺品、見たくなかった遺品といったものものもけっこうあるようです。

もし、あなたが亡くなったとしたら……。そのときのことを想像してみてください。残された遺族を困らせないような対策を何か考えていますか？ 自分の死に対して、きちんと準備ができているという方はまだまだ少数ではないでしょうか。

「故人には、責任がないのですか？」

これは以前、遺品整理の現場であるご遺族に投げかけられた言葉です。

古い賃貸住宅の一室で故人は孤立死しているところを発見されました。部屋の中はきれいに整理整頓されており、男性がひとりで住んでいたとは思えませんでした。

故人は七年前から〝仕事の都合で〟奥さんと娘さん二人と離れ、ひとりで暮らしていたようです。最初のうちは年に一度くらいどこかで会って食事などしていたようですが、娘さんたちも大きくなるにつれ疎遠になってゆき、最近はほとんど会う機会もなく他人のような生活をしていたそうです。とはいえ、離婚しているわけではないので、故人の葬儀や遺品の整理は奥さんと娘さんが手配しておられました。

家財のチェックをしながら見積書を作成し、内容の説明をしようとしたときです。ふいにお姉さんのほうが吐き捨てるように言いました。

「こんな親父、早く死んでくれてよかったわ」

思わず娘さんの顔を見た私をよそに、さらに彼女はこう付け加えました。

「葬式するのももったいないくらいよね」

いつもなら道ばたの石のように黙っているのですが、そのあまりにもひどい言葉に私はついひと言、こう言ってしまったのです。

「お嬢さん、亡くなった方のことはあまりひどく言わないほうが……」

娘さんは、きっとなって私を見据えると言いました。

「あなた、何も知らないくせに余計なこと言わないでよ！」

「…………」

私はそのあまりの剣幕に返す言葉もありません。

「私たちにこの親父がどんなことしたか知ってるの？　死んでしまった人には責任がないんですか？」

「すみません」と言ったきり、私は娘さんの口からポンポンと出てくる言葉にじっと耳を傾けているしかありませんでした。

聞いたところによると亡くなったお父さんは、お母さんと別居をしてから一度も家に戻ったことがなく、次々と女性を引っ張り込んでは同棲まがいの生活を送っていたようで、部屋のあちこちから女性の下着や化粧品が山ほど出てきたそうです。それだけならまだしも、家庭にはほとんど生活費も入れず、家に残された母娘三人はお母さんのパート代と娘さんのバイト代でどうにか暮らしていたとのことでした。

奥さんと娘さんは、どうせそんなことだろうと半分諦《あきら》めていたようですが、その日の遺品整理で真実を目《ま》の当たりにしてしまい、無性に腹が立ってきたのだとのことでした。

ご近所の話では、近頃では特定の女性がいたというわけではなく、故人が亡くなるしばらく前からは完全にひとりで生活をしていたようで、それが孤立死に至らしめたというのが本当のところではないでしょうか。

私は、そんな事情も知らずよそ様の家庭のことに安易に口をはさんでしまったことに対し、しばらく後悔の気持ちが消えませんでした。

第3話　恐怖巨大バエの館
死臭よりも強烈な異臭、部屋中に張り付き蠢いていたものは……

〝臭い〟に関してはかなり鼻が利くつもりの私ですが、さすがに十五メートル以上離れてしまうとおいそれと発生場所を特定することはできません。ところが、今回の現場は違いました。ゆうに二十メートル離れていてもプンプン臭ってくるのです。そのお宅はご近所からも嵐のようなクレームが出ていたいわくつきの物件でした。

中に住んでいたはずの兄がそうとう大変な状態になっているはずだという、弟さんからの依頼ですぐに会社を飛び出したのですが、私が到着したときにはもう警察が帰るところでした。

引き上げていく警察官たちを家の前で心細そうに見送る、私よりちょっと年配の男性に会釈すると、やはりその方が依頼者だったらしく、自分で言うのもなんですが、まさに「地獄に仏」といった表情をされたのが印象的でした。

挨拶《あいさつ》もそこそこに、「どうでしたか」と聞くと、弟さんは「それがですね」とすっかり面食らった様子で言いました。

「出てこなかったんですよ」

「え？」私は「ご遺体」と言いかけてあわてて言い直しました。「お兄さまが、ですか？」

私はてっきり「死後数カ月」はたっていると踏んでいたのですが、弟さんの話によると警察が突入して家の中を捜索したが、生きている人間も死んでいる人間もいなかったというのです。

「……ということは、行方不明ということですか」

「うーん」弟さんは首をひねって考え込んでしまいました。

警察も弟さんも「変死」に違いないと判断したのには、それなりの判断材料があったからなのです。ところが、いざフタを開けてみたら、誰もいなかった。

「ともかくいっぺん中を見せていただけますか」

私は玄関の前まで行き、妙な形に反り返った合板パネルのドアのノブに手をかけ、ゆっくりと回しました。ミシリと湿った音とともにドアを開け、三センチほどの隙間からおそるおそる中をのぞいた次の瞬間、私はドアを押し戻して言いました。

「すみません、無理です」

「無理……ですか」

「無理です。警察の人、ほんとに部屋の中に入っていかれました？」

「ええ。なんや防護服のようなもん着てマスクつけて入っていかれましたよ」

「そうですよね」

私はその答えを聞いてホッとしました。警察がそのまま入っていったとなったら、こっちもプロですから引き下がるわけにはいきません。

「私もこのままのカッコでは入れないんで、いったん会社のほうに戻らせてもらって、後でもう一度おうかがいするということでよろしいでしょうか？」

「もちろんですよ」依頼主は何度もうなずいておっしゃいました。

「私も、お宅がスーツで来られたから『どうするんやろ』と思って見てたんですよ。そうですよね、やっぱり無理ですよね」

「すみません、たいがいの現場ならこのまま入るんですけど、今回は装備を整えないと入れませんので」

私の手を三センチで押しとどめたのは、扉の隙間から飛び出してきたハエでした。ハエぐらい慣れっこだろうと思われるでしょうが、今回のハエはこれまでに見てきたハエとはまったく違っていたのです。

変死現場でハエやウジ虫と遭遇するのはもう当たり前で、セットのようなものです。私のほうにも、それなりに心の準備はできているはずだったのですが、今回のハエは見たこともないほどの巨大バエだったのです！　アタマは普通のハエの一・五倍。全長二・五センチはあり、胴体が紫がかったなんとも不気味な色をしていました。数字だけ見るとたいしたことないと思われるかもしれませんが、普通のハエが小指としたら、こっちのほうは親指です。そんな巨大なハエが扉の向こうでブンブン飛び回っていたのです。

「あれ、ハエですかね？」

私は、ハエのことなど知るはずもない依頼主に思わず聞いていました。

道路に面した窓に、満員電車さながらにびっしりと張り付き蠢《うごめ》くハエの群れを横目で見ながら、弟さんは不安そうに首を横に振りました。

「……いや、私もちょっとわからないですね」

「そうですよね……。実は私も初めて見るハエだったんで」

しかも家の外まで漂ってくる異臭は、死臭を何倍にも濃縮したような強烈さで、このまま入っていったら私のほうが捜索される側の人間になってしまうかもしれないと本気で思わされるようなものでした。

私はいったん帰社し、スタッフのB君をともない再び現場に舞い戻りました。

今度は、つま先から頭のてっぺんまで完全防備です。臭いはもちろん有毒ガスにも耐えられる特殊マスクにゴーグルをつけ、ハエの侵入を一切許さない万全の態勢で臨みます。

私たちがそのお宅に突入することをかぎつけ、いつの間にか私たちの周りには十人ほどの人垣ができていました。

「なんかゴーストバスターズみたいだね」などという声も聞こえてきます。

もう後には引けません。右手にキンチョール、左手に懐中電灯を持っていざ突入です。

足を踏み入れたとたん頭に電気マッサージ器を押しつけられたかのように、脳みそがクラクラしました。何万というハエの羽音で部屋全体が「ワーン」とうなりを上げていて、まるで蜂の大群に襲われているような気分です。

とりあえずキンチョールで応戦しながら台所まで行ったときです。ブーツの底が何かを踏んだのを感じました。浜辺に打ち上げられたクラゲをうっかり踏んでしまったときのような、なんとも気持ちの悪い感触が、靴底を通して伝わってきました。

踏んではいけないものを踏んでしまった。もしかして、警察の見落としか……。

おそるおそる懐中電灯で足下を照らすと、大きな黒のビニール袋でした。それもただのゴミ袋ではない、業務用の特大のビニール袋です。中にはおそらく腐敗しきった生ゴミが入っているのでしょうが、この袋がわずか一畳ほどしかない台所のスペースに七袋。破れた袋からは○○が××して△△になった……と、私でも伏せ字にしたくなるような、思い出すのもおぞましい惨状が部屋のあちこちで展開されていました。

とりあえずその日は巨大バエを退治して見積もりを完了。家の外に出てしみじみと感心してしまったことがありました。それは、キンチョールがいかに偉大であるかということです。

翌日、スタッフが頑張って作業を完了してくれました。スタッフのA君に聞くと、いままでのトップ3に入るキツイ現場だったと、いまでも申しております。

実は、この家の主はすでに一年以上浮浪者として生活しており、当然その間の電気、ガス、水道も止められた状態だったようですが、持ち家のある浮浪者というのもちょっと珍しいのではないでしょうか。家（ホーム）を持っているホームレス、では言葉として成り立ちませんし、こういう場合なんと呼べばいいのか悩むところですが、いわゆるゴミ屋敷の住人にはこのタイプが少なくありません。

依頼主のお兄さんも主に路上で生活していたようですが、たまに帰ってきていたようだというご近所の証言もあり、三カ月ほど前にたまたま見つけた弟さんが声をかけると何も言わずに一目散に逃げてしまったということでした。

食に関しては、ファミレスや飲食店などのゴミを袋ごと持ち帰りそれで飢えをしのいでいたのでしょう。あのおびただしい数の業務用ゴミ袋がそれを物語っています。当然、残ったものはそのまま家の中に放置、次から次へと運び込んできたものが腐ってとんでもない事態を招いたのでした。これは私の推測ですが、あの見たこともないような巨大バエは、おそらく外国から輸入された果物だとか野菜に付着していた卵がふ化した結果ではないかと思います。

お兄さんの年齢は、はっきりとは聞きませんでしたが弟さんの年齢から考えると五十歳前後といったところではないでしょうか。何年にもわたって社会から長く孤立し、仕事を持たず話し相手もいない状況だと考えられますので、健康な社会生活を送ることは自分ひとりの力では難しいでしょう。立ち直らせるためには、唯一の身内である弟さんの協力が必要なのでしょうが、それはあくまでも第三者の意見でしかありません。実際、弟さんの口ぶりでは、もうサジを投げてしまっているという感じでした。

清掃後、弟さんからその家の売却の相談を受け、私が代わって業者さんに査定をしてもらったのですが、三軒続きの真ん中という立地条件も悪かったのでしょうが、二階建て3DKの査定価格は「七十万円」という中古車並みの見るも無惨なものでした。両隣にお住まいの方にも、お気の毒なお話としか言いようがありません。

もちろん覚悟の上でのことではあると思いますが、ゴミ屋敷とはいえ、戻る場所もなくなったお兄さんが、今後どんな人生を送っていかれるのかは想像したくないと思ったのが私の正直な感想でした。

孤立死に至ってしまわないことを願うばかりです。

第4話　老人狙いの悪徳商法
孤独感、疎外感を察知して群がってくるゴキブリども

奥さんと四年前に別れ、ひとり住まいをされていた男性の遺品整理の見積もりにうかがったときの話です。

場所は都内の私鉄沿線にある古い住宅街の一角。築四十年くらいはたっていそうな、小さな一戸建てでしたが、中はその外見に反してきれいなものでした。

かなり大がかりなリフォームをしたらしく、トイレもお風呂もキッチンも全部最新式でピカピカでした。まるで新婚さんの新居のようで、こう言ってはなんですが七十代のお年寄りがひとりで住んでいたとは思えないような部屋だったのです。

「ずいぶん、きれいに使われてたんですねえ」

思わずそう言った私に、立ち会ってくださった依頼主である故人のご長女がふと顔を曇らせました。

「使ってたのならまだよかったんだけど……」

「えっ」

「父は一度もキッチンなんか使ったことないんですよ。トイレもお風呂も半年前にリフォームしたばっかりなのにほとんど使ってないんです」

「……とおっしゃいますと？」

「四カ月ほど前に入院したんですけどね、けっきょくそのまま亡くなっちゃったんで、ほとんどこっちの家には帰ってないんですよ」

「そうだったんですか。しかし、こうやって見ると費用も相当かけられたみたいですし、残念でしたね」

「それがねえ。父、母と別れてひとりで暮らしてたでしょ。そうするとなんだか寂しいんでしょうねえ、訪問販売の営業マンでも飛び込みのセールスの人でも、とにかく来た人をみんな家に上げて話し込んでたみたいなんですよ」

「誰でもいいから、話し相手がほしいというのはよくわかりますよ」

「そういう業者っていうのは、あれね。最初のうちは『おじいちゃん』とか『お父さん』なんて言ってまるで孫や息子みたいな顔して近づいていくのね。親身になって話だけ聞いてやって、ある程度の人間関係ができるまではぜんぜん商売の話はしないのよね。それで相手が自分を信頼するようになったところで、『実はこういうものがあるんだけど』ってやるみたい」

「それで、気がついたら契約書に判子を押させられていたというやつですね」

寂しいお年寄りの弱みにつけ込む、悪徳商法の典型的な手口です。しかし、口には出しませんでしたが、そうさせた責任の一端は家族にもあるはずです。

「奥さんは、気づかなかったんですか？」と聞いた私に、彼女はとんでもないというふうに首を振りました。

「私たちも『絶対に駄目よ』と散々言って聞かせてたんですよ。でも、それが逆効果だったみたいで、言ったら怒られると思ったんでしょうね、かえって何も言わなくなってしまって、隠れて契約するようになっちゃったんですよ」

「テレビのドキュメンタリーなんかでもよくやってますよね」

「ここ数年で一千万円以上ですよ！　通帳にだって、もうほとんどお金残ってないし」

一度、契約してしまうとその情報が回って、次から次にいろんな業種の営業マンが来るようになるという話はよく聞きます。事実、こういったケースは今回が初めてではありませんでした。最近は事前予約の見積もりや相談などで独居老人のお宅へうかがうことも多いのですが、だまされた人のほとんどが「えっ」と絶句するくらいの金額を平気で払っているのです。ここに来る数日前にうかがったお宅では、亡くなられたおばあさんが一枚八十万円もする毛布を買わされていました。どれだけ寝心地がいいのかと思いますが、一度も使っていなかったということです。お年寄りは高価なものを「もったいない」と言って使わずに大切にしまう癖があるのですが、それだけならまだしもそのこと自体を忘れてしまっていて、後からローンの督促状が届いてびっくりということもあるのです。

「その毛布のローン、まだ二年も残っていたらしいですよ」

私の話にうなずいて奥さんが言いました。

「うちはまだ借金が残らなかったからよかったけど、これで大きなローンなんか残されていたらと思うとゾッとするわよね」

「そんなふうにでも考えないと、お気持ちも収まりませんよね」

「いまさら後悔してても遅いですけど、私がもう少し一緒にいて父のことをかまってあげていればねえ……。それにしても、この業者には本当に腹が立ってしょうがないんです」

私も同じ気持ちでした。

「オレオレ」詐欺や振り込め詐欺にあった人、ベラボウに高額な健康器具を買わされた人、ガンに効くと言われワラにもすがる思いで五十万円もするインチキ薬を買わされた人……。直接的、間接的にかかわらず、最近、行く先々で詐欺の被害にあったという人の声を聞きます。他人事《ひとごと》ながら腹が立ちますが、同時に「どうしてそんなに簡単に引っかかってしまうの」という虚《むな》しいような気持ちにもなります。これだけ新聞やテレビなどで「気をつけましょう」と注意を促しているのに……と思ってしまうのです。

しかし、そう思ってしまうのは自分がまだ若く気持ちがしっかりしているからなのです。

高齢化にともない、判断力や思考力の衰えたお年寄りに、自分と同じ注意力を求めるのは無理があるのです。特に、ひとり住まいの老人は危険がいっぱいです。

長くこの仕事をやっているとわかるのですが、独居老人はもちろん、ある程度の年齢に達した単身世帯者は一種独特な雰囲気を身にまとっています。孤独感や疎外感といったものを漂わせているのです。その空気は、ひと言も言葉を交わさなくても部屋の中に一歩足を踏み入れた瞬間にわかります。おそらく、悪徳業者などはそれを察知する能力に長《た》けているのでしょう。彼らは言葉巧みに近づき、人の心の隙間に足をねじこみます。

また、いまの話にもあったように、子供に知られて怒られたりバカにされたくないとか、子供に指図を受けたくないといったご老人の思いが問題をより複雑にしているということも見逃せません。

世の中には悪いことを悪いと思っていない人間がたくさんいます。そういった良心のかけらもない連中に一度目をつけられて狙い撃ちされてしまったら、逃れることは容易ではありません。悲しいことですが「人を見たら泥棒と思え」という格言が、大げさとは言えない時代になってしまったことを私たちは認めなければなりません。

孤立死を防ぐという点においても、こうした悪意をもった連中を遠ざけるためにもお年寄りの周りに人が集まる状況を作ることは大切だと思うのです。

第5話　縁の切れ目が命の切れ目

十年連れ添った相手に
出て行かれたわずか三日後に……

関西のとある地方都市にある集合住宅の一階で、ひとりの男性が亡くなっていました。発見されたときにはすでに死後二週間が経過しており、部屋は強い死臭とあたりを徘徊《はいかい》する無数のウジ虫で、ご家族が立ち入ることはとてもできる状況ではありませんでした。

故人の娘さんから電話をいただいたのは、発見されて間もない夕方の六時を回った頃でした。

「急なお願いなんですけど、臭いがひどいんでいまからお願いしたいのですが……」

「大丈夫ですよ、いまからすぐに向かいますので。立会いにはどなたが来られますか？」

「それが、私は立ち会うことができないんで、不動産屋さんで鍵をもらってから行っていただきたいんです」

「わかりました」私は、不動産会社に連絡を入れておくようお願いして電話を切りました。

それから二時間後、教えられた不動産屋さんの前に到着。すでに営業は終えているらしくシャッターが半分ほど下ろされていました。

シャッターをくぐって扉を開け、依頼主との電話の件を伝えると「お待ちしてました」と言ってすぐに鍵を渡してくれました。

「よろしくお願いします。ご近所からもクレームが出てきましたんで、早く来てくださって助かりました」

「では、さっそく作業にかかります」

店を出ようとした私に、気のよさそうな社長さんが残念そうな口調で言いました。

「しかし、ホンマにかわいそうなことしたもんですよねえ。○○さんは地域の祭りのときはいっつも太鼓叩《たた》いてくれてたんですよ。普段から人づき合いもようて、ええ人やったんですけどねえ」

私は、少し気になって聞き返しました。

「ひとり住まいの老人で孤立死された方というのは、ほとんどがご近所づき合いがあんまりない方なんですけど、故人はそうではなかったんでしょ。それで二週間誰にも気づかれなかったというのは不思議ですねえ」

不動産屋の社長さんは話し好きらしく、店の前まで出てくると私に耳打ちするように言いました。

「そこなんですわ。亡くなる三日くらい前までひとり住まいじゃなかったんですよ」

「そうなんですか」

「十年ほど前から女の人と一緒に住んでたんですよ。まあ、それが理由かどうかは私らもわかりませんけど、子供さんたちも一切来んようになったみたいやねえ」

「なるほどねえ。まあ、人にはいろんな事情っていうもんがありますからねえ」

「あの人は糖尿を患ってたんでね、女の人が出て行ったすぐ後に娘さんに電話かけて、お父さんの様子を見に行ってあげるように何回も連絡したんやけど、結局いっぺんも行かなかったみたいでねえ」

「娘さんにしても、まさかこんなことになるなんて思ってもなかったでしょうしね。今までのしがらみもあってすぐには話す気にもなれなかったんじゃないでしょうかね」

「そうかもしれませんなあ」

「女の人に出て行かれたことが本人には、相当ショックだったんじゃないですかね」

「その女性にも発見されてからすぐに連絡を取ったんやけど、『そうですか』のひと言だけですよ。男と女の関係やからねえ、どんなことがあったんか知らんけど、えらい冷たい人やなあと思いますよ。そんなもんなんでしょうかね？」

「いや、まあねえ……。私もなんとも申し上げようはないけど、やっぱり故人はちょっとかわいそうな気がしますね」

いざとなったら男性のほうが女性よりも弱いと言います。どんな事情があったにせよ、やはり十年も連れ添った相手に家を出て行かれれば精神的にもこたえるでしょう。そのわずか三日後に亡くなるなんて悲しい結末ですよね。

遺品のお片づけの際には、女性のものらしき家財も数点ありましたが、確認に来られることもなくすべて放棄ということになりました。不動産屋の社長さんは冷たいとおっしゃいましたが、女性のほうにも何か来たくても来られない事情があったと思いたい、それが私の素直な感想です。

作業当日にも、故人の娘さんをはじめご遺族の立会いはありませんでした。死臭漂う室内に残る家財は、とても再び利用できるようなものではありませんが、「最後くらいは」という私たちの気持ちは、ご遺族には伝わらなかったのでしょう。

結局立ち会われたのは、遺族に相談を持ちかけられた市議会議員の女性でした。お金もないので相続放棄したいとのご意向だったようですが、家主にも迷惑をかけられないということで、その代理人の方がお金を立て替えて支払ってくださることになりましたが、ご遺族の思いはどんな形で残っていくのでしょうか。あるいは、もうすでに跡形もなく残っていないのかもしれません。

第6話　いくら血を分けた弟と言われても……
変わり果てた身内の姿を
あなたはご自身で確認できますか？

　部屋の隅から隅へ対角線上に張ったビニールのロープに吊るされたしわくちゃな下着やジーパン。流し台からあふれ出そうな汚れた食器。コタツ台の上に林立するビールの空き缶。寝床は、せんべい布団の万年床でシーツはしょう油で煮染《にし》めたような色をしており、洗濯された形跡はありません。典型的な孤独な男性のひとり住まいでした。

　ただでさえ不衛生な状況をさらにおぞましい光景にしていたのは、ウジ虫の大群でした。

　立ち会ってくださったのは故人のお姉さんで、まだ三十代半ばの若い女性でした。よく部屋の中に入れたなと思ってうかがったところそうではありませんでした。

　弟と連絡が取れないことを不審に思いアパートを訪れたところ、部屋の中から変な臭いがする。そこで警察に連絡して警察官と一緒に部屋の中に入りかけたのですが、死臭のあまりの強烈さに思わず部屋を飛び出してしまったそうです。

遺体の確認をしてもらえないかと言われ、気を取り直して部屋に入ろうとしたのだけれども、変わり果てた弟の体と足下が見えたとたん「どうしても無理だ」と思い、回れ右して玄関の外に出たということでした。それでも警官は弟の顔を確認するように言ってきたので、「どうしても顔を見なくてはいけないんですか」と聞いたそうです。

「やはり、ご遺族の確認が必要なので」と警官。

「でも、やっぱりどうしても見られません」

そう言いながらも、お姉さんは玄関からおそるおそる部屋の中をのぞいたそうです。そのときもやっぱり足と胴体しか見えなかったのですが、彼女はあることに気づきました。それは遺体が身につけていたシャツでした。

「そのシャツは、私が去年弟に買ってやったTシャツなので弟だと思います」

「そうですか、ほかに確認のできるものはありませんか？」

「そんなこと言われても……。あっ！　そうだ右側の壁に写真が貼ってありませんか？　そのTシャツを着た弟が私と写っていると思うんですが」

結局その写真が決め手となって、弟さん本人であると確認されたそうです。

私は、見積もりするのも忘れてお姉さんの話に聞き入っていました。

半そでのTシャツ姿で孤立死ということは、そのときが九月の終わりでしたので、まだ残暑の厳しい時期に亡くなったのでしょう。

　この秋口の時期に発見される孤立死はなぜかみな発見されるのが遅く、二週間から一カ月という方が多いのです。死後一カ月もたつと、血管の血液や内臓が腐敗してガスを発生し、体はパンパンに膨れ上がってしまいます。文字通り「変わり果てた姿」になってしまうわけです。身内とはいえ、そんな姿になってしまった人間を確認するのは並大抵のことではできないでしょう。どんなに想像力があったとしても、実際に見るのと頭で考えるのでは天と地との違いがあるはず。いちど目にした光景はそう簡単に消えないのではないでしょうか。

　もし、身内にそんなことが起きたらと考えると、それだけでドキドキしてしまうという人がいるかもしれませんが、実際のところ必ずしも遺体は現認しなくてもいいようです。担当した刑事さんにもよるでしょうが、あまりにも腐敗状況がひどく、事件性もないと考えられる場合は警察のほうから「ご覧にならないほうがよろしいですよ」と言われるケースも多々あると聞いています。難しい判断かもしれませんが、警察の方々には適切な対処をお願いしたいものですね。

葬儀社さんの多くは、変死体の場合ご遺族の精神的なショックを考えて最後のお別れのときもお顔が見えないように配慮されているようです。

さて、みなさんだったらどうでしょう。最後くらいはご自身の目で確認したいと思われますか？

［コラム❶］死のとらえ方

生きた人のことを「生身の人間」などという言い方をしますが、人間は死んでも生のままです。死によって抵抗力も免疫力も失った人体は、いろいろな菌やバクテリアの格好の餌場となるのです。

近頃では〝エンバーミング〟といって亡くなった人の体に特殊な防腐液を注入し、長期間、腐敗しないように処置をする、葬儀社のサービスが増えてきました。

亡くなった人をすぐに火葬せずにしばらく保存しておくということに対しては賛否両論あるでしょうがあなたはどう思われますか。東南アジアの一部の国々では、死後一週間以上も火葬してはいけないとされる国もあります（頑丈な棺おけに入れて一定期間保存する間に魂が戻ってくるなどの言い伝えがあるようです）。

このような国では毎日のように喪主が替わってお葬式をするそうで、たとえば、今日は職場のAさんが喪主の葬儀。明日は、同級生のBさんが喪主の葬儀。明後日は、町内会のCさんが喪主の葬儀……。こんな調子で一週間ほど延々と葬儀が続くので、先に火葬を済ませてというわけにはいかないのでしょうが、棺おけの中はとんでもないことに……。これはそれぞれのお国柄なので、私たちが驚くこともないのでしょう。

近頃ではアメリカでも火葬が増えてきているそうですが（といっても二〇パーセントをちょっと超えたあたり）、まだまだ土葬が主流で、私の知り合いがアメリカの葬儀社に勤めていたときに、二十五年前の棺おけの蓋を開けたことがあるそうですが（アメリカではフューネラルディレクターという国家資格を持っていないと葬儀をすることも、棺おけの蓋を開けることもできないのです）エンバーミング処置をされていたご遺体は、ほぼ亡くなったときのままの状態で保存されていたのだそうです！確かにエンバーミングの技術はすごいのかもしれませんが、アメリカの墓地という墓地で、生前の姿のままの遺体が無数に眠っていると考えたらそれはそれでちょっと怖いものを感じます。

第7話　最後まで自立できないまま母を失った熟年マザコン男性の行く末は……

遺体は一軒家の台所の鴨居にかけたロープにぶら下がったままの状態で発見されました。

そこから見える部屋の壁に貼られた写真には両親や兄弟の笑顔が並んでいました。故人は、踏み台にした椅子を蹴《け》るとき、どんな思いでその写真を見たのでしょう。

五十八歳で自ら命を断った故人は二年前に同居していたお母さんが亡くなるまでは、兄弟からの援助で生活していましたが、それ以降は自立してひとりで食べていってくれと兄弟も相手にしなくなったそうです。確かに還暦近い独身男性の生活の面倒を、それぞれ所帯を持った兄弟がいつまでも見ているわけにはいかないでしょう。とっくの昔に自分で仕事をして生計を立てているのが普通です。が、故人は結婚はおろか、生まれてから一度も母親の元を離れたことがなく、社会に出て勤めることすらできなかったのだそうです。

そんな故人ですから、兄弟も最初のうちは気にされていたようでしたが、本人から連絡がないし、それをあえてこっちから連絡を取って面倒に巻き込まれたくないという気持ちが先立ったとしても不思議はありません。

母親を失った五十八歳の無職のマザコン男性の行く末がどうなるかは、当事者でなくてもだいたいは想像がつきます。他の兄弟に救いを求めることもできず、かと言って職を探すこともできず、食事や洗濯もまともにできるはずはありません。部屋の中はその生活ぶりを物語るように、いたるところに汚れきった衣類とコンビニ弁当の容器などが散乱しており、まさに足の踏み場もないような状態でした。

その惨状を見ながら、よく二年間も生き延びたものだと不思議に思うと同時に、その生命力の強さに妙に感心してしまったことを覚えています。

これがもし持ち家でなく、家賃の発生する賃貸物件ならば問題が表面化するのも早くこのような事態にはならなかったのかもしれません。

見積もりに立ち会われた故人の義理のお姉さんは、意外としっかりとしておられました（と言うより淡々としていたと言ったほうがいいかもしれません）。

「臭いがきついでしょ、すみませんね」と謝る奥さんに、「大丈夫ですよ、私たちのほうが慣れていますから」と答えると、「作業日までには、もう少し片づけておきますので」と頭を下げられます。

「心配しないでください、そのままでかまいませんから」

「いいんですか？」

「それが仕事ですから」

「そこまでしていただけるのなら助かりますわ」

「どうぞお気になさらないように」

　ここまでは、依頼主の方々といつも交わしている会話と同じですが、そこからが少し違いました。

　とつぜん奥さんがこんな言葉を口に出したのです。

「死んで二週間もたつと、顔が外人のミイラみたいになっていて本人かどうかなんてわからないもんなんですね」

「えっ！　奥様が第一発見者様なんですか？」

「そうなんですよ。ご近所から変な臭いがするって電話があってね、それで警察の方と一緒に……」

「それは、びっくりされたでしょう」

「ええ。でも、他人のような顔をしてたんで、そんなにショックというほどでもなかったんですけどね」

「そうですか」

私なら赤の他人の遺体でもショックだと思うのですが、女性はイザとなると強いのでしょうか。

「死体見て警察の人が感心してましたよ」

「どうしてですか？」

「『いやあ、二週間もよくぶら下がってましたねえ』って……。もう少しで首が千切《ちぎ》れていたかもしれなかったそうです」

「そういえば、そうですね。九月で二週間だったらよくもったほうだと思いますよ」

「そんな、首が千切れてるような死体見たらさすがにねえ……。まあ、そんなになってるのを見なくてまだ助かりました」

「そうですね」

相づちを打った私に、奥さんがふと思い出したように「昨日の晩のことなんだけど」と言うと私にこんなことを聞いてきたのです。

「棺おけっていうのは、あんまりしっかりと作られていないんですかね？」

「え、どういうことですか？」

「ウジ虫が出てきたんですよ」

「どこから出てきたんですか？」

「蓋の隙間から、ポトポト……と」

「ほんとですか」

「朝までに八十四匹。主人が数えていたんです」

「こういう場合は、蓋をしてからガムテープでとめるなりして少なくとも外に出ないようにするはずなんですが……」

奥さんは別に怒っているふうでもなく、本当に不思議そうな顔をされていました。

棺おけは私の管轄ではないのですが、思わず「すみません」と言いそうになりました。

私のブログにコメントを寄せてくださった葬儀屋さんのお話では、遺体が腐乱している場合は「納体袋」という大きな黒いビニール袋に入れてしっかりとチャックをしてから棺おけに入れ、上からドライアイスを置いて凍らせることで臭いを消すようにしているそうです。なので、そこからウジ虫が這《は》い出してくるようなことはないということでした。

葬儀屋さんがよほど締まりの悪い棺おけを使用したか、ドライアイスをケチったか……なのでしょうが、いずれにせよ手抜きのそしりは免れないのではないかと思います。

前作にも六十八歳で家庭内暴力をふるう引きこもりの話を書きましたが、こうした自立できない熟年老年世代の引きこもりの問題は、世間が思っている以上に深刻です。ほとんど絶望感すら覚えてしまうほどです。最近の若者の引きこもりやニートの問題が取りざたされていますが、その根っこ（ルーツ）は想像以上に深いのです。

第8話　目の当たりにした父の腐乱死体

「故人のお顔は
ご覧にならないほうが……」

発見されたご遺体は、死後三週間が経過していました。現場となった部屋の中は想像通りの死臭が充満していました。

立会いは、四十五歳の息子さんでした。

見積もりをして回る私に、息子さんが同情するような目で見て言いました。

「こんな仕事、大変でしょう。つらいでしょう」

「そんなときもありますね」

「僕は絶対にしたくないですよ……」

「そうでしょうね、でもいい仕事ですよ」

私は、それだけ答えると淡々と自分の仕事をこなし、現場を後にしました。

帰社する途中、今回の仕事を紹介してくださった葬儀社に報告がてら寄ると、ちょうど担当の方がおられました。

「息子さんは、何かおっしゃっていましたか？」

「いえ、特には……」

「ご遺体を確認してもらうのに相当時間がかかったようですので、もしかしてお見積もりには来られないかもと思っていたんですが、本人が立ち会われたのですね」

「はい」

「それはよかったです。お父さんの腐乱死体を見て相当なショックを受けてたみたいだったんでちょっと心配してたんですよ。けっきょく火葬のみで葬儀もあげなかったんでね、本当にかわいそうでしたよ」

その言葉を聞いたからというわけではないのですが、最近よく思うことがあるのです。

七十歳、八十歳の年齢まで生きてこられたということは、戦中戦後の混乱期はもちろんいろいろな苦労を乗り越えてきたということであり、それだけでも尊いことです。言い換えれば人間としての完成品です。ですから、そのような方々は周りからもそれなりの祝福を受けながら人生を終えることが理想だと思うのです。

親しい人たちみんなに見送られながら荼毘に付され、お墓に納められる。

「故人のお顔は、きれいだったね」

「いまにも目を覚ましそうな安らいだお顔だったね」

「ご苦労様でした」

最後にそんな言葉をかけられることを、みなさんは心のどこかで期待し、想像しているのだろうと思うのです。しかし、今回のように死後何週間で発見されたような方々の最期には、「微笑み《ほほえ》」も「安らぎ」といった言葉も無縁です。

発見されてから火葬が終わるまで、「故人のお顔はご覧にならないほうがいいと思いますよ」と葬儀社には言われてしまうのです。

孤立死された方は、自分の亡骸《なきがら》が腐り虫に食われていく様子をあの世から見下ろしながら、おそらくこう言っていると思うのです。

「誰か早く見つけてくれ……」

「こんなことなら長生きなんかするんじゃなかったよ」

「まさか自分がこんな死にざまをするなんて……」

「他人事だと思っていたけど、こんなことになることがわかっていたらもっと友だちに連絡を取って、子供たちにもまめに電話していたのに……」

孤立死の早期発見の必要性を痛感しています。

第9話　現代日本においての餓死
生活保護を受けることを邪魔するのはプライドなのか？

「現代の日本で餓死する人間はいない」

ほとんど定説のように言われている言葉です。事実、たまに餓死者が出るとニュースになるくらいですから世間一般には珍しいことには違いないでしょう。

しかし、私どもの仕事を通して見ると「餓死」はそれほど珍しいことではないことがわかります。餓死する方のほとんどは独居老人、つまり孤立死です。

元左官職人だった故人は、そのとき六十四歳で無職でした。半年間に及ぶ家賃の滞納があり当然、電気、ガス、水道といったライフラインはすべて止められていました。

発見されたのは死後一週間でしたが、遺体はミイラのように乾燥した状態で腐乱もなく、死臭もきつくありませんでした。

本書の対談でお会いした解剖医の上野正彦先生のお話では、死体というのは消化器から腐り始めるそうです。なぜなら胃には胃液という強力な酸があり、それが自分の胃を消化しそこから穴が開いて内容物が体内に広がりそれが腐敗の原因になるらしいのです。ですから、飢餓状態が続いていると消化液の分泌が抑えられる上に、消化器の中に何も食べ物がないので腐敗が進みにくいということでした。

立会いにいらした故人のお姉さまが、部屋の中を見回しながら残念そうな口調でひとり言のようにおっしゃいました。

「まさか、餓死だなんて……。かわいそうなことをしてしまったわ」

「長いことお会いになってなかったんですか？」

「かれこれ十五年くらい会ってなかったでしょうかねえ……。弟は電話も引いていなかったから、年にいっぺん弟から電話がくるくらいでねえ」

「なぜ餓死だと？」

「警察の方がそうおっしゃってました」

「そうですか」

「大家さんにもお金を借りていたみたいで……」

「ずいぶん優しい大家さんですね」

「弟は『自分は天涯孤独だ』って言ってたようなんですよ。大家さんも気の毒に思ってくださってたんでしょうね」

私は心の中で「やっぱり」とうなずいていました。独居老人で「天涯孤独」を自称している人はずいぶん多いのですが、ほとんどの人に家族や親戚がいます。おそらく自分のことを気にかけたり、援助してくれたりする人間がいないことを恥ずかしく思ってそう言うのかもしれませんが、天涯孤独などと言ってしまうから、いよいよ行き詰まって食べるものもなく、ひもじい思いをしても相談できなくなるのです。

六十四歳で無職というような状況では、悪いことでもしない限り食事にありつけることはないでしょう。アフリカをはじめ海外では、まだまだ絶対的な食料不足による餓死者がたくさんいるようですが、日本の社会保障制度は、建て前上とはいえ餓死しなくてもいいようになっているので、役所に足を運べばいいのです。が、それもまた建て前の話で、生活保護を受けることをプライドが許さないと拒否したり、あるいは申請すらせずに餓死してしまう人が多いのも見逃せない問題になっているようです。

いずれにしても、餓死者のほとんどが他者とのコミュニケーションを自らの手で途絶えさせてしまった人たちです。そうなる前に、周りの人間が何とか救いの手を差し伸べなくてはならないのだと思います。

二〇〇七年、北九州市小倉北区で起きた、生活保護を打ち切られて餓死した男性の事件はどうとらえるべきなのでしょうか？　故人が書き記していた日記には、「働けないのに働くように言われた」などといった行政の対応への不満がつづられ、最後は「オニギリ食いたい」という言葉が残されていたようですが……。申請を「辞退」したのか「却下」されたのか、その真相は私にはわかりませんが、生活保護を打ち切られたことが一〇〇パーセント餓死につながったのかどうか判断を下すのは難しいところではないかと思います。日記には二十五日間お米を口にしていないとも書いてありましたが、餓死してしまう前に、もう一度福祉事務所に行って訴えることはできなかったのでしょうか。

行政側は、「行政にとって重く受け止めるべき死。福祉のあり方を考えるときに本当に重いひとつの教訓として反省、総括をする」と述べたそうです。さまざまな現場を見せてもらってきた私は、もう少し本人にも頑張ってもらいたかったなと思っています。

第10話　人のふり見て我がふり直せ
知人の悲劇を見て電話をくれたご老人の本心は……

「もしもし、きぃーぱぁ〜ずさんですか？」

受話器から聞こえてきた妙に間延びした声に、電話を取った私は思わず聞き返しました。

「はい？　なんでしょう。こちらは、キーパーズでございますが？」

「そうやな、きぃぱぁ〜ずさんやな……。あんたとこの会社は、遺品を片づけてくれるんですな」

どうやら相手はかなりのお年寄りのようです。私は知らず知らずのうちに大声を張り上げていました。

「はい、そうですよ。身内の方の遺品整理でお困りですか？」

「いやそうじゃないんやけど、ワシずっと前から自分の荷物の片づけをどうしようか考えておったんですよ。そうしたらテレビにお宅が出てたの見てやね、それでテレビ局に電話かけてこの番号を聞いたんですわ」

「そうですか、いまお年はおいくつですか？」

「……それからねえ、息子はおるんですけど、こっちにはもう一年も来よらんわ、わかるでしょ！」とトンチンカンなことを申されます。どうも人の話を聞いてないようです。

「そうですねえ、最近はご兄弟も少ない方も多いですし……」

「いや兄弟はおらんのだよ、息子ひとりだけで、ワシももう長くはなさそうやしのぉ」

「いやいや、まだまだお元気そうなお声に聞こえますよ！」

「あんたにはわかるやろ。どうせ息子は手伝ってくれんやろうし、カネだけ残してもろたら文句はないんや」

「そんなことはないと思いますよ。息子さんもお仕事で忙しいだけじゃないですか？」

「なんであんたが息子のこと知っとるんや⁉」

「いやぁ……知っているわけではないですが」

このご老人とは会話のキャッチボールがうまくできそうにありません。話は長くなりそうです。私は覚悟を決めました。しばらくの間、かみ合わないながらも会話をした後、私から切り出しました。

「お父さん、こんど無料で相談に乗りに行きますから。いつだったらいいですか？」

「来るんか？　いや来んでもええよ、大体わかったから」

「そうですか？　でもいつでも相談には乗りますので電話してくださいね」

私がそう答えると、ご老人がしみじみと「あんたはええ人やなぁ」とおっしゃってくださいました。

そんなことはないですよ、これも仕事ですからと返すと、ご老人がふと、何かいわくありげな口調になってこんなことを話し始めたのです。

「いや、実はな……。最近、ワシの知り合いが死んで十日目に見つかってな」

「ああ、それはお気の毒でしたね」

「そのときに死体を見つけたのがワシでなあ、いまでもその光景が忘れられんのや」

「……それは、見たくなかったでしょうね」

「夢にまで出てきよる。お化けが怖いんじゃなくて、孤立死をするのが怖いんじゃよ」

「そうおっしゃいますけど、お父さん、私だって誰だって孤立死する可能性はあるんですよ。一生、二十四時間誰かと一緒におる人はいませんからね、あんまり考えないほうがいいですよ」

「あんたは、そう言うけどな……」

「だったらええこと教えましょう。近所に公園ありますか？　あったら、毎日公園に散歩に行ってください。特に朝がいいですよ」

「公園かいな」

「できれば二カ月以上は頑張って行ってください。毎日来ているお友だちができるまで」

「なんでや？」

「毎日来ている人が来なくなったら、友だちが心配してくれるでしょ！　いまは携帯電話を持っている人も多いから心配して電話くれるかもしれないじゃないですか？」

「なるほどなあ……。しかし友だちなんてそんな簡単にできるかな」

「まずは始めることですよ。そうじゃないと本当に孤立死してしまいますよ！」

「わかった、また電話してもいいか？」

「どうぞ！」

はじめは、話にならずどうしようかと思ったご老人でしたが、最後は会話のキャッチボールもスムーズにできるようになりました。高齢者になると遠慮が先だって、なかなか素直に自分の気持ちを伝えられない方が多くなります。そうなるとよけいに人と話をする機会が減り気持ちも閉鎖的になっていくのです。

私は高齢者とお話しするときはよく「お父さん」「お母さん」という言葉で呼びかけるようにしています。そうやって私のことを身近に感じてくださると、けっこう話も盛り上がりますし、心を開いてくださる方も多いのです。ただし、高齢者は話が盛り上がってくると止まらなくなってしまうので、帰りたくても帰れなくなることがあります。時間がないときは、はっきりとそのことを伝えることが大事です。そのほうが、お互いに遠慮しないでいい関係が築けるのです。

しかし、この電話のご老人の遺品整理はしたくないと思いました。なぜなら、いままでお手伝いしてきた故人の方はみんな話などしたことがない人たちばかりだったのに、多少なりとも話をして心が通じ合えた人が亡くなり、その遺品整理をするとなったら、仕事とはいえやっぱり悲しいではないですか。

第11話　六十歳のきよしファン
スタッフからのひと言で気づいた故人の気持ち

故人は生涯独身を通された女性でした。発見されたのが死後一週間以上たっていたので、部屋の中にはかなりの臭いが立ちこめていましたが、そんなことよりも何よりも私の目を引いたのは、部屋の壁という壁に貼りめぐらされたポスターでした。

「すごいポスターの量ですね」

思わず発した私の言葉に、遺品整理の見積もりの立会いに来られた故人の弟さんが微苦笑を浮かべてうなずきました。

「ええ。何しろ、熱狂的な氷川きよしファンでして」

「ここまでポスターで埋め尽くされたお部屋を見るのは初めてですよ」

おそらく氷川きよしの事務所でも、こんなに貼ってないだろうというくらいの量なのです。故人にとってかけがえのないお宝なのでしょうが、その遺品をどうするかたずねたところ、弟さんは困ったように首をかしげました。

「私は興味ないので……」

「それでは、供養をしてさしあげるということでどうでしょうか？」

「そうですね、そうすれば姉も喜ぶかもしれませんのでお願いします」

かくして膨大なコレクションは供養することになったのですが……このお部屋に充満した死臭はポスターだけでなくすべての家財に染みついていたのです。

合同供養までは、まだ三週間以上ありましたが、それまでは当社の倉庫で供養品をお預かりすることになります。ということは、倉庫に大量の死臭を持ち帰るということに他なりません。というわけで、作業当日には大量のビニール袋を持参し、「きよしさんごめんね」と心の中で謝りながらはがしたポスターを畳んではビニール袋に入れていく作業を延々と続けました。供養する品は、全部で段ボール箱にして十三箱。すべて二重梱包にしたので臭い対策は完璧です！

そしていよいよ合同供養の日がやってきました。

倉庫脇にしつらえた祭壇の前に、お仏壇をはじめ日本人形、ぬいぐるみ、遺影、写真アルバム、それから氷川きよしグッズの入った段ボール箱が次々に並んでいきます。

段ボール箱の中に入れたままでは寂しいと思い、氷川きよしグッズの入った箱をひとつ開けて、中から一枚のブロマイドを取り出してそれを祭壇の前に飾りました。

私としては、天国に行った故人へのはなむけのつもりだったのですが、スタッフのひとりから物言いがつきました。

「社長、それちょっと変じゃないですか。まるで氷川きよしの供養みたいですよ！」

「そう言われてみればそうだなあ。これじゃ、氷川きよしのお葬式みたいやなあ」

「そうですよ。縁起でもないって叱《しか》られますよ」

「もしかして、キミ、氷川きよしのファンとか？」

「ち、違いますけど。それじゃ氷川きよしに悪いから、箱に戻してそのまま供養してもらいましょうよ」

「そうだね、そうしようか」

というわけで、故人が大切にしていた品々は僧侶の祈禱《きとう》と共に手厚く供養をさせていただきました。

スタッフは、氷川さんのファンではありませんでしたが、彼女のひと言がなければ写真を出したまま供養していたことでしょう。まあ、それも考え方次第でしょうが、そのまま写真を出したまま供養したら、故人はどう思ったでしょうか。

「私の大事な氷川さんの写真をそんなところに置くなんて」と怒ったでしょうか。それとも……。いずれにせよ、故人の元に大切な氷川きよしコレクションが無事に届いてくれたものと信じたいです。

［コラム❷］
負の遺産　故人が遺した困りモノ

　私どもは遺品のお片づけの際、ご遺族が見落とされたと思われる貴重品や形見の品を取り分けてご遺族にお渡しするようにしていますが、困るのはその貴重さの判定基準です。

　現金や預金通帳、権利書、株式や社債といった有価証券、貴金属や宝石などの類《たぐい》は誰が見ても貴重品でしょうが、個人の価値観や事情に大きく左右されるものの扱いにはしばしば頭を抱えます。

　たとえば、故人が異性と仲良く肩を並べて写っている写真などがそのひとつです。そのお相手が親戚や肉親、あるいは仕事関係の方ならば問題はないわけですが、それがもし浮気相手であった場合はとんでもない禍根を残してしまうことになるわけです。

　ですからこっちが気を利かしたつもりでしたことが、ご遺族にとってはありがた迷惑だという対応をされてしまうこともしばしばなのです。

では、どんなものを遺されると困るのか、その例を挙げてみましょう。

[家賃の滞納] ひどい人になると一年以上滞納しています。

[愛人との写真や手紙] 車の中やタンスの奥に捨て忘れたものが……。

[事故処理問題] 自動車で人身事故を起こし、それが解決する前に亡くなったというパターン。

[隠し子] 相続権の発生する子供の存在が発覚したがどこにいるのかわからない。

[銃刀剣類] 銃刀法に触れる日本刀や軍刀、散弾銃が押し入れから……。

[劇薬] 医院や工場などで使っていた硫酸や青酸カリなど。

[借金の督促状] カードローンや消費者金融に多額の借金が。

[ご近所問題] 近隣との間に故人が遺した遺恨。あとで嫌味などを言われます。

[持ち主不明の借り物] 誰から借りたかわからず、返すことも処分することもできないもの。

[ワイセツ物] 法に触れそうなもの。故人の趣味の写真やビデオ、DVD。

[パソコン] 出会い系サイトや不倫相手に送ったメールが保存されていること

がしばしば。

［ペット類］保健所に引き渡すのが大変。引き取り手がないと会社が動物園状態に。

［室内の大量なゴミ］まさかのゴミ屋敷。異臭もひどい。

［無許可の増改築］風呂のない賃貸物件のはずなのに、勝手に造った風呂場が。

［車検の切れた車］車検切れで十年以上放置したままの動かない車やバイク。

［遺産争いの原因になるもの］お金がなかったほうが喧嘩《けんか》もなく幸せだったのに……。

［内容の異なる複数の遺書］たかが紙切れ数枚で、親族関係に大きなヒビが……。

他にもまだあると思いますが、とにかく困るのは事情をいちばんよく知っているはずの本人がいないこと。みなさんも事前に一度、波乱を呼びそうなものはないか確認してみることを強くお勧めします。

第12話　介護に疲れたお父さん
今、日本人全員が
真剣に考えるべきこの問題

もう七年近く前の話になります。

現場は大阪市郊外にある、かつてはニュータウンと呼ばれた、大規模集合住宅。故人は死後二週間で発見された女性でした。当時はまだ普通の運送屋に過ぎなかった私は、変死現場での作業にも慣れておらず、その場に足を踏み入れた瞬間、本気で回れ右して逃げ出そうかと思ったことを覚えています。

そのときに会った管理事務所の方の話では、亡くなった女性は体が不自由でほとんど寝たきり状態で、五年ほど前からは会社を辞めたご主人が付きっきりで介護されていたらしいのですが、二十日ほど前からご主人がぷっつりと姿をくらましたまま行方知れずだということでした。ご主人は、ご近所でも評判の好人物で交際範囲も広かったそうですが、長年の介護の疲れがピークに達し、ついに心が折れてそのまますべてを放り出して家を出ていった……というのが真相のようでした。

その後、奥さんは食事や水も摂《と》ることができず、放置された状態で亡くなっていたのですが、遺体が発見されたのはベッドの上ではなく台所の床でした。おそらく喉《のど》の渇きと空腹に耐えかねて台所まではってゆき、そこで力尽きたのだと思われます。

作業当日は、息子さんが立ち会われました。

「ずっと両親を放っておいた私の責任なんです。ここ三カ月ほどは連絡も取ってなかったし……」

そう言って目を潤ませ自分を責める息子さんに、当時の私はかける言葉もなくただ黙って聞いているしかありませんでした。

一見健康そうに見えても、人間、特に高齢者はいつどんなきっかけで寝たきりになるかわかりません。あなたのご両親、あるいはあなた自身がそうならないという保証はないのです。勝ち組と負け組が厳然と区分けされる格差社会が訪れつつある現代を生き延びるだけでも大変なことなのに、介護を要する者を抱えた高齢者が暮らしていくのには、若い人たちの何倍もの精神力と体力を要します。そして日々重なっていく疲労とストレスがひずみとなって悲劇を引き起こす。それがいわゆる熟老介護、老老介護における問題なのです。

思い出されるのが、二〇〇六年に京都で起きた認知症母殺害事件です。ここで当時の新聞をもとに事件のあらましをおさらいしましょう。

殺された女性のひとり息子のK被告（五十四歳）は、父親の元に弟子入りした西陣織の職人だったが織物不況で三十五歳のときから派遣社員として工場勤めをするようになった。が、一九九五年に父親が他界した頃から母親に認知症の兆しが見え始めた。K被告は結婚もしないまま母親の世話に専念。夜中も一時間おきに母のトイレの面倒を見なくてはならないため睡眠不足のまま出勤する生活が五年も続いた。しかし介護のかいなく母親の症状は悪化し、二〇〇五年には昼夜が完全に逆転し徘徊して警察に保護されるようになる。K被告は「迷惑をかけたくない」と休職して介護と両立できる職を探したが見つからず、九月に工場を退職。その後、失業保険で生活している際に、伏見区内の福祉事務所に生活保護について相談したが失業保険を受けているため受給できないと言われる。

職人だった父から、人様に迷惑をかけないよう厳しくしつけられていた被告は「命をそぐしかない」と心中を決意。十二月には失業保険も切れ、家賃が払えなくなった翌年一月の最後の日、「最後の親孝行を」と母親を車いすに乗せて京都市内の思い出の地を観光、財布に残っていたわずかな小銭でコンビニで菓子パンを買って二人で分けて食べ、その日はそのまま桂川の川べりの遊歩道で夜を明かす。翌二月一日早朝、家に帰りたいと言う母親に被告が告げた。

「もう生きられへんのやで。ここで終わりやで」

母は言った。

「そうか、あかんか。康晴、一緒やで。おまえと一緒や」

「すまんな、すまんな……」

謝る息子を「こっちに来い」と呼び、息子が額を母の額にくっつけると母が言った。

「康晴はわしの子や。わしがやったる」

母親のその言葉で被告は心を決め、タオルで母の首を絞めた後、自分の首も包丁で切ったが、近くにいた人に倒れているところを発見され、一命を取りとめた。

公判で被告は「母の命を奪ったが、もう一度母の子に生まれたい」と心情を吐露。

「母の介護はつらくはなかった。老いていく母がかわいかった」とも述べている。

二〇〇六年七月二十一日、京都地裁は被告に対して懲役二年六カ月、執行猶予三年

（求刑懲役三年）を判決した。東尾龍一裁判官は「介護の苦しみ、絶望感は言葉で言い尽くせない」「母のためにも幸せに生きてください」と励ましの言葉を付け加えたが、それと同時に全国で介護をめぐる心中事件が相次いでいることに触れ「公的支援が受けられず経済的に行き詰まった」「介護保険や生活保護行政のあり方も問われている」と行政の対応にも苦言を呈した。

被告の罪を厳しく糾弾するはずの検事までもが冒頭陳述では声を詰まらせ、傍聴席のみならず、弁護人、裁判官までもが涙したと言います。それだけこの事件は人間が抱える根源的な問題を照らし出したと言えるのではないかと思います。

この裁判官の言葉にもあったように、介護をめぐって経済的、精神的に追いつめられた末に起こる殺人や心中は跡を絶ちません。このままでいけばその件数は増えこそすれ減ることはないでしょう。一説によると認知症の患者だけでも一六〇万から一七〇万人いるともいわれています。これに、最初に書いた寝たきりのケースを加えると、とてつもない人数に膨らむはずです。その一方、少子化で介護をする側の人間は減るばかり。人間は死なない限り、一〇〇パーセント年を取って老人になります。介護をめぐる問題にどんな出口があるのか、国民全員が真剣に考えなければならない事態に直面していることをはっきりと意識する必要があります。そのために私に何ができるか、一生懸命に考えていきたいと思います。

第13話　正真正銘のウサギ小屋
ドアを開けるといきなり
厚さ五十センチの土砂の地層が……

事実は小説よりも奇なり――。この仕事をしているとその言葉を地でいくような想像もつかないことに出くわします。

自分の家が狭いことを自嘲《じちょう》して「ウサギ小屋」などと呼ぶ人がいるようですが、あくまでも言葉のアヤだと思っていたら本当にウサギ小屋に住んでいる人がいたのです。

築三十年はたっている古ぼけた木造アパートの一階が今回の現場でした。四畳半と六畳の二間あるうちの四畳半の部屋の床で冷たくなった故人が発見されたのですが、問題はその床です。本来の床よりも五十センチほど異物によって底上げされていたのですが、それくらいのことでは普段からゴミに埋もれたゴミ屋敷を見ている私たちは驚きません（床上一メートルどころか天井まで五十センチなんていう家も経験しているのですから）。

　なんとこの部屋の床はゴミ混じりの土砂でできていたのです。土の表面はまるで相撲の土俵のようにしっかりと踏み固められ黒光りしており、部屋の中はまるで野球の室内練習場のようでした。

　想像してみてください。玄関のドアを開けるとそこにいきなり厚さ五十センチの地層の断面が現れ、その上の地表全体が無数のパチンコ球をばらまいたようにウサギの糞《ふん》で覆い尽くされているのです。

　亡くなった方がかつて使っていたと思われる布団は土の中に埋もれ、トイレのドアも開かず、三分の一が土の中にあるタンスも開くはずもありません。いったいこんなところで故人がどうやって生活していたのか想像すらできません。ウサギを飼っていたのではなくウサギの部屋に同居させてもらっていたと言ったほうが正確であることは誰の目から見ても明らかでした。

　一緒にいたスタッフたちもあまりの衝撃にぼう然としています。いくらウサギが好きでも、布団もなしでウサギ小屋に住む人なんて……。あの動物好きのムツゴロウさんでもやらないのではないでしょうか（気持ちはわかるというでしょうが）。

　まあ、それだけ愛されてウサギはさぞかし幸せだったでしょうが、それも飼い主が生きている間のこと。

とにかくこちらとしてはいつまでも感心してばかりはいられません。問題は、実際の作業です。通常は、段ボール箱に家財などを詰めていくのですが、今回の相手は土ですから段ボール箱ではまったく役に立ちません。工事用ショベル三本と土嚢《どのう》袋二百枚。遺品整理というよりは土木作業です。なにしろ四畳半と六畳のほかに廊下や台所などを含めると全部で四十平米はあります。そこに高さ五十センチの土が積まれているのですから、〇・五メートル×四十平方メートル＝二十立方メートル。これがすべて水だったとしても二十トンあるのです。土は当然それ以上に重たいのですから、それを三人で運び出す労力を考えたら……。いま思い出しても悪夢のような作業でした。

けっきょく作業は、朝から夕方遅くまで十時間近くかかりました。

「どんな変死現場でも、この現場の比じゃないですよね」

精も根も尽き果て、スタッフのひとりが漏らした言葉に、ただ黙ってうなずくことしかできませんでした。動物を飼いかわいがることは心の安定にもつながるでしょうし、子供たちには命の尊さを知るために欠かせないことでしょう。しかし、いわゆる猫屋敷だとか犬屋敷の住人のように、動物だけに信頼を寄せすぎて人間とのコミュニケーションがとれなくなってしまっている方が多いのは少し気にかかります（人間が信じられなくなって動物に信頼関係を求めるというパターンもあるでしょうが）。

犬猫屋敷の住人は特別としても、高齢者の孤立死現場で今回のようにペットの動物が取り残されているケースはとても多いのです。ペットを飼うのであれば、同じペットを飼う人たちのコミュニティに参加するなど、人間との関係も大切にするようにしていただければなあ、と私はいつも感じるのです。

第14話　ある依頼者の手首に四年間ため込んだゴミの山を前に依頼人に見た苦しみとは……

依頼人は三十歳前後の女性でした。依頼内容は部屋の片づけ……と言っても、もちろん普通の部屋ではありません。四年間ためにため込んだゴミマンションのお片づけでした。

部屋の広さは2LDK。ひとり住まいにしては大きな部屋でしたが、それだけゴミの分量も半端ではないということです。

見積もりにうかがったときは、ごく普通のというと語弊がありますが、よくあるゴミマンションでした。女性もごく普通の人に見えたのですが、周囲に散らばっているゴミの中にちょっと尋常じゃないものがチラホラと見えるのです。それは、血に染まったティッシュやタオルでした。それがインクや絵の具ではないことは、長年の経験でわかります。まちがいなく血液でした。まだ新しいものや茶褐色に変色したものもあります。私は、その血染めのタオルやティッシュに気づいていない（もしくは気づいていてもなんとも思ってないよ）という顔で話し始めました。

「けっこう頑張ってためちゃいましたねえ！　五年くらいかかったでしょ」

「すみません」と女性がぺこりと頭を下げました。

ゴミマンションの住人は、大家でもない私に謝ってもしょうがないのに、なぜか謝る人が多いのです。

「四年くらい部屋にあまり帰って来ていなかったのでこんなことになってしまって……」

「なるほど、そうだったんですか」

「あのぉ〜、一日で片づけるのは無理でしょうか？」

「いえ、一日でなんとかなりますよ」

私の答えで、女性の顔にパッと笑みが浮かびました。

「本当ですか？　助かります」

「では、明日の朝十時にうかがいますので、それまでに貴重品だけは探しておいてくださいね」

「はあ……」女性の表情に影が差しました。

「たぶん自分でも探せないと思うんで、一緒に探してもらうっていうわけにはいかないでしょうか？」

「探せるものだけで大丈夫ですよ。作業中もお手伝いしますので！」

「では明日お願いします」と再び笑顔。

ここまでは、一般的なゴミマンションの住人とのやりとりでした。

ところが翌朝、女性は昨日とは別人のようになっていたのです。

「おはようございます！」

挨拶をしても、こっちをまともに見ようともしません。虫の居所が悪いのか、なにか嫌なことでもあったのかと不思議に思いながらも作業を進めようとしたのですが、「これは捨ててもいいですか」とか「これは大事なものですか」など、なにを聞いてもほとんど返事をしてくれないのです。これでは確認のしようがなく作業を進めることもできません。

(どうなってんねん……)

私も少し、しびれを切らしてその女性に言いました。

「そんなに黙ってられたらこっちも仕事ができませんよ。どうしてお話ししてくれないんですか？」

「…………」

それでも返事をせず黙ってうつむいていた女性が、急に涙を流し始めたかと思うと声を上げて泣き始めたのです。

なにがどうなっているのかわかりませんが、とにかくこうなったら片づけどころではありません。いったん作業を中止してスタッフをトラックの前に待機させ、しばらく私だけがお話をすることにしました。

「すみません、少し言い方がきつかったですか？」

「…………」

「言い方がきつく聞こえたら謝ります。でも、もう少し話をしていただかないと今日中には終わりませんよ」

「…………」

それからどれくらいたったでしょうか。じっと無言だった女性が、ふと顔を上げて私のほうを見て言いました。

「ごめんなさい。わたし鬱《うつ》なんで、気分の浮き沈みが激しいんです。ほら、これ見てくれますか？」

そう言うと、彼女は自分が着ていた黒のセーターの袖《そで》をめくって私に自分の手首を見せました。

相手がお客さんでなければ「ウワッ」と叫んでのけぞっていたと思います。彼女の手首には刃物で切ったと思われる無数のケロイド状になった傷痕があり、その中のひとつはまだ〝切り立て〟という感じでした。いわゆる彼女はリストカッターと呼ばれる人だったのです。しかし、彼女が話し始めたことは悪い兆候ではありません。私は、もう少しの辛抱だぞと自分に言い聞かせて、こう切り出しました。

「痛いでしょ！　根性ありますねえ。俺には絶対にできませんよ！」

〝根性〟という言葉が意外だったのか、「えっ」という顔をした女性に私はたずねました。

「いつからなんですか？」

「高校生のときからです。でも、そのときは痛みを感じないんです……」

「ウソでしょう！」

「本当なんですよ」

「いや、絶対に痛いはずですよ」

「本当に痛くないんですって！」

「元気になりましたね！」

私の言葉に一瞬ハッとした表情を浮かべたかと思うと、彼女は恥ずかしそうに笑いだしました。

作業は無事完了して、ちゃんと代金も集金させてもらいました！　部屋は、前とは見違えるほどきれいになり、女性も最後は笑顔でお礼を言ってくださいました。

しかし、帰りの車の中、私は心のどこかに引っかかりを感じていて、すがすがしい思いというのはありませんでした。話には聞いたことがあったものの、あんな傷を見たのは初めてだったので、こっちが無口になりそうでした（本人は、死ぬつもりはなかったようです）。人の心の中を専門家でもない私がどうこう言うのはお門《かど》違いというものでしょうが、気分に波があるのならよいときの自分の癖や行動を覚えておいてそれを習慣にすることもできるのではないかなあなどと、帰る道すがら考えていたことを覚えています。

第15話　開かずの冷蔵庫　十六年の年月が変化させた食品の姿

　みなさんは、一日に何回くらい冷蔵庫の中をのぞき込みますか。独身の方でも五回くらいは冷蔵庫の扉を開け閉めしてるのではないでしょうか。もしかすると、もう一カ月くらい開けていないという猛者《もさ》もいるかもしれませんが、さすがに一年以上という人はいないはずです。いくら使っていなくても冷蔵庫は他の電化製品と違って電気を食います。それならコンセントを抜いてしまったほうがずっと経済的だと誰もが考えると思うのですが、必ずしもそうではないようです。私はなんと十六年の間、ほとんど開けられることのなかった冷蔵庫の中身を見たことがあるのです。

　その冷蔵庫があったのは、東京のはずれの工業地帯にある「ハイツ」という名の木造アパートでした。持ち主の男性は六十四歳。死後二十四時間で、隣人によって発見されました。

孤立死ではありましたが、短時間で見つかったため部屋に入っても死臭はまったく感じませんでした。が、その代わりに感じた匂いがありました。昭和の匂いというやつです。テレビ、ラジオ、ステレオ、扇風機、冷蔵庫……どれをとっても何十年も前に製造中止になったような骨董品に近い家財道具があまり使われた形跡もなくそのまま放置してあるという感じで置かれていました。

六十四歳といえば、老人と呼ぶにはまだちょっと早すぎますが、そこはまるで八十代の老人の部屋のようでした。

「なんか懐かしい形のテレビですね」

「これ、おじいちゃんの家にあったやつと同じですよ」

一緒に来ていたスタッフは、自分たちが生まれる前に製造されたテレビや冷蔵庫を物珍しそうに眺めています。

私もつい懐かしくなって作業の手を止めて、故人のレコードコレクションに見入っていました。

「ホンマやなぁ、俺もまだ生まれていない時代のレコードもあるわ！　この人にとってみたら大事な宝物やったのかもしれへんな」

「そうですねえ。でも、ご遺族の方はいらないんですかねえ？」

「確認はしてもらったけれど、いらないらしいよ」

「なんかもったいないような気もしますねえ」

「故人の形見として、おまえが大事に持っていてあげれば!?」

「いやあ、僕は遠慮させていただきますよ……」

本当に人間の価値観というのは多様というのでしょうか、私たちから見たら懐かしさを感じるいいものであっても、実用品として役に立たないものを自宅に持って帰るご遺族はほとんどいないのが現状なのです。ましてや、他人が引き取ってくれることもありません。

その不要になった家財のひとつが、冒頭に書いた冷蔵庫なのです。

部屋の中には大小二台の冷蔵庫がありました。そのこと自体はそれほど珍しいことではありません。こういう場合は必ずどちらかが壊れています。壊れたほうは処分するのが面倒でそのまま放置されているのです。ところが、今回は二台ともコンセントが差された状態でした。それでも、どちらか一方はひどいことになっている。私はそう予想して、気合いを入れてまずは小さいほうの冷蔵庫を開けました。

最初に私の目に飛び込んできたのは懐かしいペプシコーラの瓶でした。手に取ってみると、瓶の栓はついたままなのに中身が半分しかありません。少しずつ蒸発してしまったのでしょうか。海苔《のり》の佃煮《つくだに》、ジャム、パック入りの煮豆……他にもまだ食料品が入っていて、製造年月日を見てみるとそのほとんどが一九九〇年製になっています。ところが、それだけ時間がたっていても腐っているような臭いは一切なく、ゴキブリ一匹入った形跡もないのです。私はつい好奇心に駆られ、その中のひとつの食材を手にしてみました。パッケージを見る限りはカマボコのようでしたが、つかんだ感触がとても変なのです。おそるおそる袋を破って中身を見て思わず私は笑い出しそうになりました。なんとカマボコがひからびて元のサイズの十分の一くらいに縮まっていたからです。板のほうは木でできていますから縮まらないので、まるで小さくなっていくカマボコがなんとか板から離れまいとしがみついているように見えました。まさしくカマボコのミイラでした。

見た目はニスを塗ったみたいにつややかで、まるでプラスチックでできているようで、実際の硬さも板と同じくらいの硬度に変化していました。

なんだか捨てるのがとてももったいないような気もしたのですが、そのままの状態で保存できるものでもないでしょうし、保存しておいたところでどうなるものでもないと思い直し、廃棄処分ということにしましたが、それを見たときはなにか感動に近いものを感じたことを覚えています。

おそらく、故人はこの冷蔵庫を開けることなく中身が入っていたことすら忘れてしまっていたのでしょうが、考えてみたら冷蔵庫の中というのは適度な温度と乾燥状態が続いているのでミイラ作りには向いているのかもしれません。興味のある方は実験してみてください。

第16話　半年間に骨壺が三つも……
隣室の息子がミイラ化するまで気づかなかった事情とは……

事務所のデスクで、新規の見積もり依頼書を見ていた社員のB君が「あれぇ？」と声を上げたかと思うと私に言いました。

「社長、このYさんというお客さんなんですけど……」

「どうした？」

「前にもうちに仕事頼んではりますよね」B君は私の前にその見積もり依頼書を置くと言いました。

「覚えてませんか？　同じ家に住んでて、息子さんが死んで三カ月たつまで気がつかなかったお父さんのとこですよ」

「ああ、あの○○区のYさんか」

思い出しました。というより、忘れたくても忘れられない仕事です。

「今度で三回目ですよ」

「え、ほんまか」

「あの後、二カ月くらいしてからもう一回依頼があって、その現場にはA君が行ってるはずですよ。だから今度で三回目ということになります」

「三回目って言うても、まだ最初の仕事から一年もたってないやろ」

「一年どころか半年くらいじゃないですか」

私は、すぐに過去の見積書のファイルを抜き出して依頼主、Yさんの名前を探しました。

「確かに二回やってるな」

そう言って二枚の見積書を見比べていた私は、あることに気づきました。わが社の見積書には依頼者と故人との続柄を記入する欄があるのですが、一回目と二回目では依頼者の名前が違っていたのです。

「どういうことなんやろなあ」

「さあ」と不思議そうに首をひねるB君をその場において、私はとりあえずYさん宅へと見積もりにうかがうことにしました。

現場はＪＲの駅から歩いて十分ほどの住宅街にある三階建ての建物で、二階が玄関になっていました。玄関のインターホンを押すと、しばらくしてドアが開き、四十過ぎの坊主頭の男性が顔を出しました。その人が今回の依頼主である三男の方でした。

今回の作業現場も以前と同じ三階でした。

見積もりをしながら、私はさっきからずっと気になっていたことを聞いてみることにしました。

「あの、余計なことかもしれませんが、少々お聞きしてもよろしいでしょうか？」

「ええ、どうぞ。なんでしょう？」

「会社のほうで聞いてきたんですけど、一回目は死後三カ月のご遺体があったお部屋のみのお片づけでしたよね。それから二回目のお仕事をまたいただいて、それで今回は三階のお部屋全部ということですよね」

「そうですけど……」

「それでお申し込みいただいたのが、一回目は依頼者が『父』と書かれていて……」

三男さんは、「ああ、そのことか」というようにうなずくと説明し始めました。

「そうです、最初は三階で親と同居していたいちばん上の兄が亡くなったんです。僕も前から部屋中にゴミをためていて汚いなぁとは思ってたんですけど、僕が口を出すと怒りだすので放っておいたんですよ。前から臭いなあとは思ってたんですけど、夏になって暑くなってきたらそれがものすごい臭いになってきたんで三階に上がってみたら、もうミイラ状態で骨も見えていたんですよ」

「……？」

私は一瞬きょとんとしてしまいました。

「あの、そのときはお父さまも三階に住んでおられたんですよね？」

「そうなんですが、気づかなかったと本人は言ってるんですけど、僕は気づいていたと思いますよ」

「そうですよねえ。臭いも相当きつかったんじゃないかと思いますけど、お父さんは我慢されてたということになるんですかね……？」

「僕もその辺は不思議なんですけど、おそらくそうだったんだと思います」

「なるほど」

「それから二カ月くらいして今度は父親が亡くなったんですよ。だから二回目は父の遺品整理をお願いしたんです」

「ああ、それで一回目はお父さんが依頼者で、二回目が三男さんからご依頼いただいたというわけですね」

私はやっと事情が飲み込めました。事情は飲み込めましたが、同じ屋根の下で、ましてやふすま一枚隔てた隣で生活していた息子が死んでミイラ化するまで気づかなかったというか、そこまで臭いを我慢できたということが最後まで理解できませんでした。

おそらく亡くなった長男は引きこもりで暴力をふるうタイプだったのだと思います。父親はそんな長男が怖くてなにも言えない状況だったのでしょう。だからふすまを開けることすらできなかったのではないかと思います。

そして、三回目になる今回の依頼がなぜあったのか、それを説明しましょう。

ひと言で言うと、一年以上前から病気で入院していた一家の母親が亡くなったというのがその理由です。

お母さんは自分の入院中に長男を亡くし、夫を亡くし、そして最後には自分自身が亡くなったわけです。

ですから私どもの会社も、最初は長男の部屋の片づけを。二回目はお父さんの遺品整理を。そして三回目は前回処理しきれなかった夫婦共有の遺品も含めて一切合切を整理することになったわけです。

しかし、それにしても半年の間に三人が相次いで亡くなるとは……。ご遺族にとってもさぞショックだったと思われます。幸い三男さんがしっかりしておられたので、片づけだけはきちんと完了しましたが、三階にしつらえた小さな飾り壇に所狭しと並べられた真新しい三つの骨壺が目に焼き付いて離れません。

作業をすべて終え、私が帰ろうとしたときでした。

三男さんが私に言いました。

「これからなんですよ」

「なにが、ですか？」

「兄と、つまりこの家の二男ですが相続のことでもめているんです。これから喧嘩しないといけないんですよ」

どうやら三男さんにとっては、短い間に家族を三人失ったことよりもお兄さんとの争いのほうで頭がいっぱいのようでした。

なんだかちょっと後味の悪い、遺品整理でした。

第17話　部屋の壁から異臭が
ひとりの死がこれほど多くの人に苦痛を与えてしまうという現実

「この一週間くらい、どうも和室の壁のあたりから変な臭いがしてくるんです。気になってご飯も喉を通らないような状態で……」

入居者からの苦情電話を受けた大家さんは、さっそくそのアパートに出向きました。アパート経営を始めて四十年、こんな話は初めてでした。

「どこが臭いんですか？」

「この部屋です」

その和室に入った瞬間、大家さんは思わず「臭い！」という声を上げていました。それはいままでにかいだことのない種類の臭いで、よくこんな臭いところにいられましたねと言いそうになるくらいの臭さだったと言います。

大家さんは、「すぐになんとかしてもらう」と平静を装ってそう言うと、その足で隣の部屋のチャイムを鳴らしましたが、何度鳴らしても応答がありません。いったん引き上げ夕方にもチャイムを鳴らしましたがやはり留守のようです。

ふとドアを見ると郵便受けが少し開いていることに気づきました。いくら大家とはいえそこから中をのぞくのは気が引けましたが、ことがことだけにそうも言っていられません。郵便受けの蓋を押し上げ、顔を近づけた瞬間、大家さんはあまりの臭さに思わずのけぞったそうです。

（もしかして、死んでいる……？）

大家さんは自宅に戻り警察に電話をしてもう一度現場に戻ると、すでに警察官が到着していました。

「おそらく部屋の中で人が亡くなっていますよ」

「えっ……」

「間違いないでしょう、合い鍵はお持ちですか？」

「あっ、忘れてきました」

「では、裏のベランダの窓ガラスを少し割らせてもらいますよ」

そう言うと警察官は、さっさと裏庭に回ってベランダから室内に入り、玄関のドアを開けて出てきました。

「奥の和室の布団で亡くなっています。保証人や親戚の連絡先を教えてください」

幸い親族や保証人ともすぐに連絡が取れ、あとのことはすべて順調に執り行われたそうです……。

大家さんの長い話が終わり、私はその部屋の見積もりを始めました。

そこにご遺族の立会いはありませんでした。大家さんの理解を得た上で親族の方は前日に火葬と簡単な式を済ませ、故人の生まれ故郷である四国で本葬を行うために遺骨と共に帰ったそうです。

見積もりを終え、ご遺族に見積もり内容のご確認をしていただくために電話をしようと携帯電話を取り出したときでした。大家さんが私にこう言ったのです。

「遺族の人に電話するなら、リフォームと家賃の補償の件も言っといてくれますか？」

「すみませんが」私は丁寧な口調で説明しました。

「私たちは、あくまでもご遺族からのご指示でお仕事を請けさせていただいてますんで、そのような話はこちらからはさせていただくことはできないんですよ」

「でも、私だって迷惑しているんですよ！」

人の死が絡んでいることなので、ご遺族には話しづらかったこともたくさんあったのでしょう、第三者である私の前でそのウップンが爆発したように思えました。

「この部屋は、しばらくは賃貸に出せないですしねえ。出したとしても普通の家賃はもらえないんですよ！　ましてやここで人が死んだことを次の入居者に伝えないといけない義務もあるらしいじゃないですか。それなりのものは請求させていただきますよ、私は！」

そんなことを私に言われても困ります。

「大家さんのおっしゃることはわかりますけど、私はご遺族と交渉する立場にはないのでその点はご理解くださいね。ご遺族と直接お話をしていただいて、ご遺族からのご依頼であれば、私たちも対応させていただきますので」

「早くしないと隣の人も出ていってしまうかもしれないので、本当に困ってるんですよ。天井も床も替えないといけないし……」

「肩をもつわけじゃないですけど、今回のご遺族は誠意を持って対応される方だと思いますよ」

「あなたは遺族のほうの味方だからそんなこと言うんじゃないの⁉」

「○○さんもだいたい、部屋もこんなに汚して……そんな生活をしているから……」

確かに大家さんの言う通り、そこは半分ゴミアパートに近い状態でした。とにかく大家さんの興奮を収めなければなりません。

「ちょっと待ってください。大家さんの気持ちもわかりますけど、現実にいま起こってしまったことはしかたないじゃないですか。亡くなった方も、ご遺族も大家さんもみなさんが困っているわけじゃないですか！　そんなに相手だけ一方的に責めるのはよくないですよ」

「そりゃそうだけど……でも……」

「大家さん、ご遺族はちゃんと対応しますと言っておられたんでしょ？」

「そう言って帰っていきましたが……」

「それなら、ちゃんと話し合ってみたらいいじゃないですか。いまは先方もお困りなんですから」

「そうですね」

「実際には、大家さんに連絡すら取らないで逃げてしまうご遺族もいるんですよ。そんなことになったらどうなると思います？　遺族からは一円も出してもらえずに、大家さんが泣く泣く全額ご負担するというパターンも多いんですよ」

「ええっ⁉」大家さんが目をまん丸にして私を見ました。

「えっ！　そんな人がいるんですか？」

「払わないいんじゃなくて、払えないご遺族もいっぱいおられるんですよ。悪い人じゃなくてもそうなってしまう方も多いんですよ。今回のご遺族は誠意を持って対応されてると思いますよ。あれもこれもと押しつけてるうちに、向こうが切れて『もう知りません！』なんて言われたらどうします？」

「それは……」

　大家さんがおとなしくなるのを見届けると、私はいったん席をはずし四国にいるご遺族に電話をかけました。

「ご近所にご迷惑がかかっていることですし、大家さんも明日にでも作業をしてもらいたいと言っておられます。幸い明日は私どもも対応することができます。作業後、二週間の消臭作業をして完了となりますが、いかがいたしましょうか？」

「その内容でけっこうですので作業にかかってください。よろしくお願いいたします」

「わかりました。では本日の夕方にはファックスでお見積書を送りますのでよろしくお願いいたします」

かくしてその日の見積もり作業は、終わったのでした。

その夜、会社を出ようとしたとき、私の携帯電話が鳴りだしました。

四国のご遺族からの電話でした。

（なんかモメ事が発生したな……）

私のその勘は当たっていました。大家さんからかかってきた電話に対する相談でした。

大家さんが電話をかけてきて、一年分の家賃とリフォーム代金を請求すると言ってきたそうです。

「こんな場合、私らはどこまで補償しなくちゃならんのでしょうか？」

「難しい問題ですね」と前置きすると、今回の場合、遺族は保証人ではないので厳密に言うと家屋に対する損害を補償するのは保証人ということになるだろう。遺族がどこまで責任を負うかは法的には決まっていないと思う。ただし家財は、遺族が相続すべきものになるので保証人であっても遺族の了承なしに処分してしまうことはできない。なので、逆に言えば保証人にすべて責任を押し付けることもできないだろう——というような内容のことを説明してさしあげました。

「そうですか……。私たちもそれなりに誠意を持ってできるだけのことはさせてもらうつもりなんですが。保証人の方とも話をしたんですが、黙って聞いているとどんどん話が大きくなって、大家さんはあれもこれも弁償しろと言ってきているようなんですよ」

話しているうちに興奮してきたのか、ご遺族の口調も少し変わり始めました。

「亡くなった○○と私らも親族にはなるんですが、実際は子供でも親でも兄弟でもないんですよ。はとこには当たるんですけど、もう三十年以上会ったこともないんですよ。それをなんで……」

よくある話です。私は諭すように言いました。

「それでもまったく知らないというわけにはいかないですよね」

とりあえずその場は収まりましたが、このまま穏やかに事が運んでいくという確信は私にはありませんでした。

翌日、暑い日でしたがなんとか予定通りに作業を終え、脱臭装置を設置して部屋から引き上げようとしていたそのときでした。私たちが出てくるのを待ちかまえていたように、お隣の住人が出てきて私たちに声をかけてきたのです。

「すみません」

「はい、なんでしょう」

（できれば、このまま帰りたかった……）

「うちの部屋の壁からまだ臭いが出てるみたいなんですけど、大家さんから何か聞いてませんか？」

私は、大家さんがどこまで話をしているのか聞いていなかったので、返事に困ってしまいました。

「いやあ……まあ、もうしばらくしたら臭わなくなるように作業してますから安心してください」

納得したようなしてないような微妙な表情で「そうですか」とうなずくと、その隣人の方は部屋に戻っていきました。

私はほっと胸をなで下ろしました。もしあの部屋の住人のことを根掘り葉掘り聞かれても、どこまで答えていいものかまったく見当もつかなかったからです。

会社に戻ってしばらくすると、電話が鳴りました。このときもなんだか嫌な予感がしたのです。電話はさっきのお隣さんからでした。

「ぜんぜん臭い、消えないんですけどねえ。いつになったら元に戻るんですか！」

その声はさっきよりも感情的になっていました。

「もう少し待ってください、今日、臭いの元も除去しましたし、脱臭作業も始めましたんで、たぶん明日か明後日には気にならなくなると思いますよ。お気持ちはわかりますけど、なんとかご理解ください」

「もう何日も我慢してるんですよ。お隣はどうなってるんですか？」

「いやぁ……そのへんのことは大家さんに聞いてもらえませんか。私たちは作業を依頼されただけなんで詳しいことはちょっと……」

「その、大家がお宅にかけて聞くように言ったんですよ！」

「えっ！　そんなこと言っておられたのですか！」

「だから電話してるんじゃないですか！」

そう言われても私の口からは、お宅の隣の部屋で人が死んでたんやでとは言えるはずがありません。私は、折り返し電話をかけ直すと言って電話を切り、すぐに大家さんに電話をかけました。

「お隣の住人から電話がかかってきたんですけど、大家さんにかけるように言われたと言っているんですが本当ですか？」

「……どう答えていいかわからなくなって、ついお宅の電話を教えてしまったんです」

「別に教えてもらっても結構ですけど、ひと言言ってくださらないと私も答えようがないじゃないですか！」

「すみません……」

「お隣は、臭いの原因が死臭だと知っておられるのですか？」

「いや、それは」

「隣の住人が亡くなったことは知ってるんですか？」

「いや、まだはっきりとは言っていません……」

「そ　う　で　す　か……」

私は、大家さんからお隣さんに電話をかけて説明をしていただくようにお願いしましたが、電話を切ったとたん、また電話です。

ご遺族からでした。

大家さんからまた電話が入ったらしく、困り果てて私のところに相談が回ってきたということです。

気がつくといつの間にか私は、三者の話のまとめ役になってしまっていたのです。脱臭装置が功を奏したのか、お隣さんからのクレームは止まりましたが（私たちの役目は本来ならそこで終わりのはずなのですが）大家さんと遺族の話し合いはまだまだ決着がつきそうにはありませんでした。

人がひとり亡くなり、死後何日か発見されなかったことで、これだけたくさんの人に精神的・金銭的な苦痛を与えることになるということを少しはご理解いただけたでしょうか。確かに亡くなった人もお気の毒ですが、私からすると周りの方々のほうがもっと気の毒だと感じてしまいます。

誰の責任かを問うのではなく、こんな問題が起こらないようにするにはどうしたらいいのかをみんなで考えないといけないのではないかと思います。

［コラム❸］いわくつき物件

マンションで起きた自殺の現場の片づけにはこれまでもずいぶん行きました。実際、病死であろうが自殺であろうが現場で行うことはいつも同じで、作業をした後はきれいさっぱり。そこでなにがあったかなど誰にもわからないはずなのですが、自殺があった場合は賃貸物件ですとそのことを次の入居者に告知する義務が生じます（その次の入居者に対してはその義務はなくなります）。しかしそれが分譲マンションになると、中古物件として販売していく限り延々と告知していかなければならないのだそうです。また、自殺のあった部屋だけに限らず、たとえば一階の部屋を販売するときでも十階で起きた自殺のことを伝えなければならないということになっているようです。

確かに大きな買い物ですから、消費者は事前に知っておく権利があるのでしょうが、どうしてそこまで自殺（他殺もそうですが）のあった部屋をいやがるのでしょうか。そんなに借り手や買い手がいないのかと思われるかもしれませんが、そういう「いわくつき物件」でも意外と希望者は多く、相場より少し値段を下げるだけですぐに部屋は借り手（買い手）がつきます。こうしたところでもきちんと経済原則は働いているのです。

以前、私どもの会社で働いていたスタッフのひとりも自殺物件に住んでいたことがあります。仕事が仕事ですから、特に気持ち悪がったり怖がるわけでもなく相場よりもずっと安い値段で入居できたことを単純にラッキーだと言って喜んでいました。

これは私の勝手な推測ですが、おそらくその部屋で自殺した人も草葉の陰で喜んでいるのではないかと思います。なぜなら、亡くなった人は決して、大家さんに恨みがあって命を絶ったわけではないからです。

「私が自殺することで、大家さんにこんなにご迷惑をかけることになるとは思いもしませんでした。申し訳ありません。早く次の入居者が決まるように願っています」

もし、私だったらそんな気持ちになると思うのです。ですから、そういった自殺物件に住んであげることは故人に対する供養にもなるのではないでしょうか。故人に感謝され、しかも家賃も安い。いいことずくめではないですか。いい部屋に相場より安く住みたいと思っているなら、こうした物件をチョイスするのも手だと思うのですがいかがでしょう。

第18話　死者の家賃
「本人は死んでいるのに、なんで家賃を払わなきゃならんのですかね⁉」

暮れも押し迫った十二月某日、北陸のとある地方都市まで自殺現場の見積もりに行ってきました。

真冬の凍《い》てつくような寒さにもかかわらず、現場には珍しく死臭が残っていました。

依頼者は三十歳前後の故人の妹さんでしたが、どうしても部屋に入りたくないとおっしゃいます。無理じいはできないので、新人社員をともない二人で室内に突入しました。

亡くなっていたのは布団の上らしく、寝具の真ん中あたりが血に染まっていました。

検死によると発見までに一カ月は経過していたようで、布団に染み付いた血液はビターチョコレートのような茶色に変色しています。

どうやら布団の上で刃物を使って自害されたようです。

新人にしてみれば、初めての経験なので多少は驚いたようですが、この寒さが幸いしてこの手の変死現場に付きもののウジ虫やハエの姿も見ることはありませんでした。私はときどき仕事の説明を兼ねて新人に話しかけながら、いつものように見積もりを始めました。

ひと通り家財のチェックを終え、依頼者の要望で部屋の鍵を探し始めたときでした。コタツの上やテレビの画面にポストイットのような、小さなメモ用紙がテープで留められていることに気づいたのです。「おやっ」と思ってよく見ると、部屋中にそれは貼ってあり、全部で百枚以上はありました。

コタツの上にはメモ用紙の束が置いてあり、そこにはすべて小さな文字が書き込まれていましたが、そのほとんどは意味不明でした。

——○月○日この部屋の隅からまた「ガッ」と音がした今から○○君にもどりますつかれた……。

部屋に貼ってあったメモも、冷蔵庫が悪い電波を出しているとか、テレビにスパイがいるとか……私にはちょっと理解できない内容のものばかりで、読めば読むほど頭が混乱し、体が冷たくなっていきました。

（新人にはちょっと刺激が強かったかな）

そんなことを考えつつ、外で待っていた妹さんに話を聞くと……。

何年も前に両親が離婚して一家離散状態となって兄妹もバラバラになり、この部屋には二男であるお兄さんがひとりで住んでいましたが、途中で精神に障害をきたして働けなくなり、生活保護を受けながら暮らしていたようです。

なにしろ一家離散の状態なので、警察からの電話も妹さんにしかつながらず、電話を受けた妹さんが他の親族に相談してもみんな他人事のような対応をされてとても困ったとおっしゃっていました。

私が見積もりを提示すると、想像していた通り彼女は困った表情を浮かべて、予算が足りないので父親に電話をしてお金を都合してくれるよう頼んでみると言って、その場で携帯電話をかけ始めました。

妹さんが、いまは手持ちもなく、とても自分では払いきれないので、お父さんに出してもらいたいと訴えているのですが、お父さんもなかなか「ウン」と言わないらしく、話はもつれているようでした。

「……そんなこと言っても頼まないとできるわけないでしょ。部屋をそのままにしてたらご近所にも迷惑がかかるし……うん。わかった」

電話を切った妹さんに、私はこう声をかけました。

「ご予算がきついようでしたら、ご相談に乗りますよ」

「ありがとうございます。父もあまり余裕がないみたいで……」

「そうですか」

「それで、いまから父がこっちに来ると言うので、ちょっと父に説明してもらえませんか？」

「お父さんは、どんなお仕事されてるんですか？」

「はっきりとは知らないんですが、不動産業……のようなことをしてると言ってました」

わかりました。じゃあ、お待ちしましょうと言って、その場で待っていると、ものの三分ほどでお父さんが登場しました。

まるで瞬間移動してきたようなその速さに、私は思わず隣にいた新人君に耳打ちしていました。

「ちょっと早すぎるよな」

「そうですね」

「そんなに近くにいたなら、娘に任せんで自分で来たらええのに」

「どっかから見てたくらいの距離ですね」

「ほんまや」

私たちの前にやってきたお父さんの第一声はこうでした。

「高いんじゃないか！」

予想はしていましたから驚きはしませんでした。私の説明でお父さんには、だいたいのところは納得していただきましたが、話をしていてもどうも他人事で、本当は費用など負担したくないというのが本音らしく、実際にもそのようなことを言っておられました。

とは言え、そのまま放置できないということも理解されているので最終的にはお申し込みをしていただきましたが……。

作業当日の時間など打ち合わせを終え、帰路につこうとしかけたとき、お父さんが「ちょっと相談なんだけど」と言って私を呼び止めました。

「なんでしょう」

「公団の人間は、今月の家賃も払えと言うんだよ。本人は死んでいるのに、なんで家賃を払わなきゃならんのですかね⁉」

たぶんそのときの私は目が点になっていたと思います。

「いやぁ……そうは言っても、やっぱり契約が解除されるまでは、日割りでも払わないといけないでしょう」

「そうかもしれんが、遺品の整理もしてお金がかかるのにそこまでは払えんよ！」

「いやあ、でもそれは仕方ないでしょう。ちゃんと支払うべきものを支払ってきっちりと区切りをつけたほうがいいんじゃないですか？」

ちょうどそのときです。お父さんの携帯電話が鳴りだしました。

お父さんの話しぶりでは、どうも公団の担当者からのようです。

「払え」「払わん」の押し問答が続くうちに、お父さんの口調がどんどん激しくなっていきます。けっきょく電話ではラチが明かず、電話を切ったお父さんが私に言いました。

「だいたい一カ月も前に死んでるんだから、それ以降の家賃なんか払う必要ないですよね！」

「えっ！　いや……」

この人は、いったいどんな思考回路をしているんだろうと思いました。まさかそこまでストレートな物言いをするとは……。娘さんから聞いた話では不動産業だということでしたが、だったらよけいにそんなことを口にするとは信じられません。

私は気持ちを落ち着かせてから言いました。

「まぁ、お父さんの気持ちもわかりますけど、さっきも言ったように契約が解除されてないうちは支払いは発生しても仕方ないでしょう？　それにまけてくれと言って簡単に免除してくれることはないと思いますよ」

と、そのときお父さんの携帯電話が再び鳴りだしました。

「うん……はい、はい……あ、そう……じゃあ、そういうことで」

電話を切った後、お父さんが放った言葉は私にとって衝撃的なものでした。

「公団からだったけれど、家賃払わなくてもいいって。言ってみるもんだなぁ！」

私はあ然としながら「そうですか、よかったですね」とだけ言って、その場から退却したのでした。

公団の人も、このお父さんとモメて遺品の片づけもせずにすべてを放棄されるよりは、家賃で妥協したほうが得策だと思ったのでしょうか？　それにしても、いくら夫婦が離婚したと言っても子供は子供です。息子が自殺してしまったというのに、そのあまりの無関心、無責任な態度にはさすがの私もショックを受けました。

妹さんがおっしゃるには、お母さんも精神状態が不安定で、長男もわれ関せずの知らんぷり。私のイメージの中にある「家族」と、この家族はまったく違っていました。お父さんも、妹さんも、お母さんも、お兄さんも、それに亡くなった二男の方もみんなそれぞれが不幸でかわいそうな人たちだったのだなあと思いました。

そして作業当日――。

私は、妹さん以外は誰も来ないものだと思っていたのですが、嬉《うれ》しい誤算がありました。お母さんが立会いに来てくださったのです。

これは、故人にとっても救いでしたし、私たちにとっても救いになりました。

私たちの作業を黙って見守っていたお母さんが、かつて息子が暮らしていたその空っぽの部屋を見回して、最後にこうおっしゃったのです。

「この子には本当につらい思いをさせてしまって……。悔やんでも悔やみきれません」

お母さんの目から大粒の涙がこぼれ落ちていくのが見えました。

「やっぱり親子だったんだよね……」

帰りの車に乗ったとたん、私はスタッフにそんなことを言ったことを覚えています。

第19話　天国に行く順番
息子を事故で亡くした老人のひと言がいまでも耳に残っています

見積もりにうかがったのは、名古屋市郊外にある古い分譲型の団地でした。

約束の時間の三時より早く着いたので、団地の入り口に車を停めて敷地内の道路状況やトラックを寄せるスペースなどを確認するために、建物の周辺を見て回ることにしました。

時刻は午後二時四十五分。空はよく晴れて風もないすがすがしい昼下がりでした。団地の中にある小さな公園では、お年寄りが日向《ひなた》ぼっこしながらのんびりと立ち話をしていたりして、とてもゆったりとした時間が流れているように思えました。

こういうところで年を取っていくのも悪くないな、などと思いながら歩いていると庭の植木の手入れをしているひとりのご老人とふと目が合いました。

「こんにちは」

通り過ぎざまに私が挨拶すると、おじいさんはしわだらけの顔に笑みを浮かべて私に会釈を返してくれました。

それからさらに周辺をひと回りして時計を見ると、ちょうど午後三時。約束の時間になっていました。

玄関の前で表札の名前を確かめ、私は静かにチャイムを押しました。

「ピンポーン」という昔ながらの音がドアの向こうから聞こえてきました。

しばらく待っても誰も出てくる気配がありません。さらにもう一度チャイムを鳴らしてみますが、やはり留守のようです。

（ちょっと早く来すぎたかな……）

いったん建物の外に出ようと回れ右しかけた私の視界に、ひとりの老人の姿が入ってきました。それはさっき私が挨拶したおじいさんでした。

「もしかして、○○様ですか？」

おじいさんはさっきと同じ笑顔を浮かべてうなずくと、鍵を開けて部屋の中に通してくれました。

私にコタツを勧め、私の向かいに腰を下ろすと、おじいさんが話し始めました。

「電話でも少し話しましたけど、先月、息子が亡くなりましてね。長年住み慣れた部屋ですけど、私ひとりでは広すぎるんで引っ越すことにしたんです」

「ほんとうに大変でしたねえ」

「まあ、その引越しのついでに息子の遺品の整理もしてしまおうと思ってね、それで電話をしたんですよ」

依頼主のお話によると、もともとは奥さんと息子さんの三人暮らしだったのですが、五年前に奥さんに先立たれ、独身だった息子さんと二人で暮らしていたのですが、その息子さんも四十七歳の若さで通勤途中の事故で突然亡くなられたとのことでした。

一階にあるその家の前には植え込みがあって、そこには奥さんが亡くなったときに息子さんと一緒に植えた花が毎年咲くらしいのですが、その手入れがもうできなくなることを考えると生きることの意味を失いそうだとおっしゃるのです。

「植木屋さんに頼んで一緒に運んだらどうですか。なんなら私どもで業者さんを探しましょうか？」

私の申し出におじいさんは「いやあ……」と力なく首を横に振りました。

転居先には植木を植えるようなスペースもないし、たとえ植え替えても根を下ろさずに枯れてしまうことも考えられるので、そのままにしておいて後はご近所に手入れを頼むしかないだろうということでした。

それならなにも無理して引っ越さなくても……と思いましたが、人が心の奥にどんな思いを抱えているか他人にはわかりません。それなりにつらい思い出などもあるのでしょう。私は、それ以上その話には触れず、見積もりの話だけを進めて帰る支度をしました。

玄関で靴を履こうとしていた私の耳に、見送りに来た依頼主のおじいさんがふとおっしゃった言葉がいまでも残っています。

「家族が死ぬのは順番通りが一番いいんだよ。わしみたいな年寄りが最後になるなんてねえ……。どうして順番が狂ってしまったんだろうね」

この家は将来、息子さんが困らないようにと思って購入を決断したのだそうです。本来ならばこの家で息子に看取《みと》られて死んでいくという、ごく当たり前のストーリーを描いていたのに……。おじいさんには、もうその先に描くストーリーがなくなってしまったのでしょう。

引越しの日、自分がこの世を去った後も息子が世話をしてくれるはずだったあの植え込みの草花をおじいさんはどんな思いで見ていたのでしょうか。

第20話　刑事さんからのひと言に感激

ある突然死が教えてくれた遺族に課される手続きと金額

年が変わるまであと数日を残すところとなったある日の夕方、私の元に一本の電話がかかってきました。二十年来の親友で、現在もオブザーバーとして当社の仕事に協力してくれているMさんからでした。

「今どこにおる？」

普段はおっとりとした口調のMさんの声がいつもより明らかにうわずっていました。何かあったに違いない。私は思わず身構えていました。

「えっ、名古屋だけど」

「そうかあ、大阪じゃないんだ……」

「どうかした？」

「実は、大阪の叔母《おば》さんが死後一週間で発見されたんや」

「えっ！　うそっ……」

死後何週間とか何カ月などといった電話には慣れっこの私も、そのときだけはとてもあわててしまい、頭の中がパニックになりかけたことを覚えています。私は自分に落ち着くように言い聞かせ、目の前にあった湯飲みのお茶をぐっと飲み干すとそれまでの経緯を話してくれるよう言いました。

Mさんの話では、事の経緯もなにも、つい二、三十分ほど前に突然、警察を名乗る人物から「実は○○さんが亡くなられまして」という電話があったというのです。○○というのは確かに大阪の叔母さんの名前なのですが、もしかするといま流行《はや》りの「オレオレ」詐欺とか振り込め詐欺の類かもしれないと思い、電話をかけてきた警察官の名前を聞いてからいったん電話を切り、自分の手でその大阪の叔母さんの自宅に電話をかけると、その警官が電話に出たので、本当に叔母さんが亡くなったのだと確信が持てたとのこと。それですぐに私のところに相談の電話をかけてきてくれたということでした。

その場で簡単な打ち合わせをして、東京にいたMさんはそのまま大阪行きの新幹線に飛び乗り、私は葬儀社の手配を進めました。

叔母さんのご遺体は寒い時期ということもあり、きれいな状態でしたが、普段から元気で親戚中のみんなと仲良しの叔母さんがこんなことになるなんて誰もが信じられず、身内のショックは相当なものでした。

一報をもらった次の日、お通夜が始まるまでの時間、私はMさんと一緒に各種手続きに奔走しました。

まずは、現場に行って貴重品などの捜索の立会い。

予想はしていましたが、やはりどこに何があるかわからず親戚の方も手こずっておられました。その後、前日からお世話になっている葬儀会館へ向かいます。

こちらでは簡単な説明を受け、申込書の作成、通夜と葬儀の日程や時間の確認など打ち合わせして、見積金額の提示を受けました。

その金額を見せられて、私は正直それが高いのか安いのかさっぱりわかりませんでした。葬儀社さんとのやりとりには慣れているはずの私でも値切るというのはなかなかしにくいものです。一般の方が値切るのはさらに難しいのではないかと思います。

葬儀の費用は、松・竹・梅ではありませんが、葬儀社さんのほうでさまざまな価格設定がされています。こちらの希望も言うことはできるのですが、たったの一日やそこらで決断しなくてはならないことが多すぎて、ひとつひとつ冷静に考える余裕はありません。最近ではこれまで不明瞭《ふめいりょう》とされてきた葬儀代もずいぶん明朗会計化されてきており、葬儀の事前予約という方法を採られる方もずいぶん多くなってきています。

葬儀社との打ち合わせが終わったら次は警察です。

警察では、解剖による検死を希望しない旨の書類に捺印《なついん》し、死体検案書をもらうための書類をもらいます。その後、死体検案書を発行してくださる診療所へ。

ここでびっくりしたのは死体検案書の値段です。解剖したわけでもなく、死因と推定死亡時刻を決めてもらうだけで、なんと三万円もするのです（地域によって五千円から五万円とさまざまなようですが）。

それを私の勉強不足といえばそうなのでしょうが、生身の人間の怪我《けが》や病気の診断書でも数千円の世界ですから、検案書などといってもせいぜい数千円で収まるものと思っていたのでびっくりしました。

それをもらったら、今度は二人で叔母さんの菩提寺《ぼだいじ》に向かいます。その車中で私たちはこんな会話をしていました。

「お布施って、だいたいナンボくらいが相場なんやろうか？」とMさん。

「特に決まっていないみたいやけどねえ」と私。

「葬儀社が、『確認しておきました』って勝手に坊さんに聞いたみたいなこと言うてたけど、足代とか諸費用入れて全部で三十八万ってちょっと高くないか？」

「なんか高いような気もしないではないなあ。いっぺん坊さんに直接聞いてみたらどうなん？」

「そやな……。そしたら行ってから聞いてみるわ」

菩提寺に到着後、お坊さんと通夜と葬儀の打ち合わせをした後、故人についての話などをしているときに、Mさんがふとその話を切り出しました。

「すみません、私はこういうことは全くの素人なんで、変なことかもしれませんが、ひとつお聞きしてよろしいですか？」

「どうぞ、どうぞ。どんなことでしょう？」

「いや実はお布施のことなんですが……いくらほどで……」

「お布施は気持ちですので、いくらでもいいのですよ。私は戒名代もいただいておりませんし、それはお任せします」

具体的な値段を言ってもらえれば、高いとか安いとか言いようがありますが、そう言われてしまったら「わかりました」と答えるしかありません（ある程度予想はしていましたが、結果的にはよけいに混乱する羽目になってしまいました）。

結局、葬儀社の言い値を用意して支払うことにしました。なんだかスッキリしない気がしましたが、それ以外の面倒くさい手続きもいろいろと大変でそのうちお布施どころではなくなるというのが正直な感想でした。

菩提寺を後にしたわれわれが次に向かったのは市役所です。

市役所の市民課で死亡届を提出したのち、生活環境課へ行って火葬許可書と埋葬許可書をもらって再び葬儀会館へ戻ります。

これで葬儀から火葬、埋葬までの手続きはほぼ完了。なんだかんだとまる一日がかりの仕事となり、疲れましたが勉強になる一日でした。

このMさんの叔母さんの突然死騒動の最後にひとつ感激したことがありました。

それは、今回の一件を担当してくださった刑事さんのひと言でした。

死体検案書の発行手続きを終え、遺体発見現場の証拠写真などを見せていただいた後、警察署を出ようとした私たちにその刑事さんがこうおっしゃったのです。

「当日は、管理人様と私が叔母様を発見させていただきました。本来ならば、しばらくご自宅で待機させていただき、お身内の方がお越しになられるまで待つべきでしたが、年末のため事件が多くお身内がお越しになるまでお待ちすることができませんでした。私なりにできるだけの処置はさせていただいたつもりでしたが、不十分な点もあったと思います、申し訳ございませんでしたがご理解くださいませ」

私は、刑事さんがこのような丁寧なお言葉をおっしゃるとは思いもよらず、思わず感激してしまったのでした。

Mさんの叔母さんは、ひとり住まいこそしていましたが、お友だちも多く親戚づき合いもよかったので、決して孤独な生活を送っていた方ではありません。亡くなる一週間ほど前にも、何人かの親戚が叔母さんと電話で話していたこともわかっています。しかし、今回はその元気なイメージが逆に発見を遅らせたという皮肉な結果を招いたのでした。連絡が取れなくなっているのを、旅行にでも行っているんだろうと勝手に思い込んでいたらしいのです。この叔母さんの一件は、たとえ孤立していなくても、このような悲劇は起こりうるのだということを私たちに教えてくれたような気がします。

しかし亡くなられた叔母さんにとって、この刑事さんのような方に見つけてもらったことはせめてもの慰めだったのではないでしょうか。

第21話　見えない親子の絆
三十年ぶりの親子の再会、
でもそのとき父は……

最初の電話は病院の公衆電話からでした。声の感じでは三十代の半ばの女性。彼女が求めていたのは「故人」の遺品整理ではなく、「お父さま」の遺品整理でした。亡くなる前に葬儀の準備と並んで遺品整理の準備をしておきたいというご要望です。まだ親が生きているうちにそこまで……と思われる方もいらっしゃるかもしれませんが、近頃では医師から余命宣告を受けた段階で「そのとき」に備えて準備を始められる方もそう珍しいことではなくなってきました。

私は、他の「事前予約」と同じ扱いでお見積もりにうかがう約束をしましたが、そこで思いがけない悲しい話を聞くことになったのです。

お父さんの病状が危険な状態にあるという連絡が、大阪から九百キロ離れた娘さんの元に届いたのは、つい五日ほど前のことでした。

「お父さんの容体が思わしくないんです……」

病院の事務員らしき人にすぐに来るようにと言われ、彼女は最初自分の耳を疑いました。

「えっ？　私の父親ですか」

父親と言われても、彼女にはそれに該当する人物が思い浮かばなかったのです。

話はそこから三十年前にさかのぼります。

当時、小学校に入ったばかりだった彼女と、二つ違いのお兄さんは、両親の離婚による親権問題で振り回されていました。

ある日のこと。お父さんが幼い兄妹を駅の待合室に連れていってこう言いました。

「お父さんはちょっと用事を済ませてくるから、お父さんが戻ってくるまで、ここを離れたらダメだよ」

それから二人は一時間待ち、二時間待ち……夜になるまでお父さんが戻ってくるのを待っていましたが、その日を最後にお父さんは一度も二人の前に姿を現すことはありませんでした。

駅にいた二人を迎えに来たのはお母さんでした。不審に思った駅員が警察に通報して、ようやく二人を捜していたお母さんと連絡が取れたのだそうです。

ひと言で言うと、彼女とお兄さんはまるで犬や猫のようなやり方でお父さんに「捨てられた」のです。ですから、病院から連絡を受けたときも、「なにをいまさら」という気持ちが先だって、すぐに病院に行こうという気にはなれませんでした。

彼女の気持ちを変えたのは、ずっと苦労を共にしてきたお兄さんの「一緒に会いに行こう」という言葉でした。

そうして二人は飛行機を乗り継ぎ、父親が入院している病院がある大阪の町までやってきたのです。

これが映画かドラマであれば、生き別れた親子三十年ぶりの涙、ナミダの再会ということになるのでしょうが、現実はそんなに美しいものではありませんでした。

父親はガンにおかされていました。しかも末期ということで、体が思うように動かず、やけっぱちになった子供のような言動で、周囲の患者や病院のスタッフにも迷惑をかけているというような話を病院の人に聞かされました。

病室に入ってきた兄妹を見て、父親は名前を覚えていなかったどころか、二人の存在すら忘れていたらしく、「おまえたちは誰だ」という言葉まで口にしました。

もしかしたらそんなこともあるかもしれないと、心の準備はしていたものの、さすがに現実を目の前にすると、ショックでそのまま帰ってしまおうかとも思ったそうです。

それでも気を取り直して、しばらく我慢しながら看病をしているうちに、父親の記憶も少しずつよみがえり始め二人のことを思い出してくれたようですが、駅に置き去りにしたことは忘れたような顔をしているということでした。

お父さんがひとりで暮らしていた小さなマンションの一室で、家財の見積もりを終えた私が「お父さんと久しぶりに会われてどうでしたか？」と聞くと、依頼主である娘さんは「うーん」と首をかしげてからはにかんだような笑みを浮かべておっしゃいました。

「はじめは、悩みましたけど、いまは会いに来てよかったと思ってます。兄も嫌な思いをしたでしょうけど、いまいちばん苦しいのは父だと思いますので……」

「そうですね。それにしても、生きてらっしゃるうちに連絡が入ってよかったですね」

「そうですねえ。私の名前も少しずつですけど思い出してくれましたし」

今回のことですべてが解決したわけではないのですが、実の父親との再会はご兄妹にとって、とても大切な出来事になったと思います。

二人とも遠方で暮らしているため、父親にずっと付き添って看病をすることはできず、それぞれに家庭もあり事情もあるので、父親を地元に連れていくこともできません。もしものときのために、事務的な手続きや葬儀の相談なども事前にしておきたかったとおっしゃっていました。

見積書を眺めていた娘さんがふと顔を上げて私に言いました。

「すみません、この見積もりはいつまで有効なんですか？　いつまでに申し込まないといけないのですか？」

「永久に有効ですよ」と私は答えました。

「来年でも再来年でも、この見積もりでよろしければいつでもお手伝いさせていただきますので安心してください。それより少しでもお父さんがよくなって長生きしてくれればいいですね」

「はい……」

誰にも言えない過去や、心に傷を負っている方は世の中に大勢いらっしゃいます。そして、その多くの人が、過去を悔やんでいるのではないでしょうか。人は、そういった人の過ちを許すことで、ひとつ幸せをつかむことができるのかもしれない。一生懸命な娘さんの姿を見ていて、私はふとそんなことを考えてしまいました。

[コラム❹]おひとりさまの責任感

近頃遺品整理に関する相談や事前見積もりの依頼をされる方が急激に増えてきました。

中でも特に多いのが独身女性、いわゆる〝おひとりさま〟の女性たちです。

お話をして感じるのは、みなさんの「そのへんの男には負けないわよ」という仕事意識の高さです。自宅を所有し、友だちも大勢いて、ある程度の資産もあって旅行や習い事などにもある程度自由にお金を使える……。将来は粗大ゴミ化するであろう旦那の世話をしたりわがままを聞くこともなく、優雅な生活を手に入れて、はたから見ればみんながうらやむ生活を送っていらっしゃいます。

しかし、その一方で自分の将来に一抹の不安を感じ、私どもの元へ相談のお電話をかけてこられる方が多いのです。

――誰にも迷惑をかけたくない。

――自分のできることは、できるだけ自分の責任で。

――死んだ後で恥ずかしい思いは絶対にしたくない。

――自分の死後、「いい人だったよね」と言われたい。

みなさん異口同音にそのようなことをおっしゃいます。でも、と私は思います。いままでこんなに頑張ってきたんだから、そこまで肩ひじ張って頑張らなくてもいいんじゃないでしょうか。

人間は、みんないつか死を迎えます。そのときには誰もが必ず誰かのお世話になるのです。それだけは、自分ではどうしようもないことなのです。

おそらく、いずれはあなた自身もご両親やお友だちの最期のお手伝いをしてあげることになるでしょう。おそらくそのときにあなたは一生懸命お手伝いしてあげますよね。そうやって人の最期を看取る役割というのは、順繰りに回ってくるのです。だからそんなに頑張らないでください。それよりいまが大事だと思います。身内の方やお友だちと仲良くしてあげてください。充実した日々が、結果的に終わりよければすべてよし、の人生にしてくれるでしょう。

そんなに心配しないでください。少しくらい迷惑をかけても誰も怒りません。天国には請求書も届かないし誰も文句を言いに来られませんから。

「後のことは知りませんので勝手にしてください」では困りますが、取り越し苦労のしすぎもよくありません。いまを充実させ楽しむことです。

あなたが楽しむ姿が周りの人を幸せにしているかもしれないのです。

孤立死だけはしない。それだけ。「後は野となれ山となれ」でいいのではないかと思うのです。

第22話　死ぬまで秘密
家族を愛しているからこそ できる我慢なのかもしれません

遺品整理の見積もりでうかがったそのお宅は、昭和四十年代に建てられた古い県営住宅の一軒でした。

亡くなったのは、まだ五十代の女性でした。

故人が女性の場合、鏡台やクシ、人形といった遺品が多いので合同供養という制度があることを説明をして、立会人のお姉さまにその選別をしていただいていたときでした。

仕分けの作業をしていたお姉さまが、ふとなにか思い出したようにその手を止めて隣の部屋に行き、一枚の遺影を手に戻ってこられたのです。

「これも一緒に供養してもらうことはできますか？」

遺影の写真は十代後半の若い男性でした。私は、直感的にこの男性が普通の亡くなり方をしていないことを感じ取りました。

「失礼ですが、この方は？」

「妹の息子なんです。去年の春、急に……」

「そうだったんですか。ということは、一年の間にお二人とも亡くなられたのですね」

妹と甥《おい》っ子を失ったお姉さまは「ええ」とうなずくと、本当に悔しそうな表情でこうつぶやいたのです。

「あの男に殺されたみたいなものですよ……」

「……？」

「妹の亭主のことです。もう離婚はしてたんですけど、あの子にとってはとにかくひどい父親でした」

「では、息子さんは……」

「妹には事故だということにしておいたんですけど、実は自殺だったんです」

「……！」

私は言葉を失いました。

「そのときから妹はガンで入院中だったので、まさか息子が自殺だなんてこと言えないでしょう。それで、事故だったのよって嘘を通してたんですけど……」

「そうなんですか……」

やがてお姉さまの怒りは妹の元亭主という男性に向けられました。

「とにかくひどい父親だったんです。離婚した後も自分の仕事を手伝わせるために息子を引っ張り回して……。あの子はそんなことより学校に行って勉強したかったんですけど、父親がそれを許さなくてね。でも、最後は父親に反発して仕事に行かなくなったんです。そうしたらその男、なんて言ったと思います？」

「さあ……想像もつきません」

「あの男は『働かん者は飯なんか食わんでもいいんじゃ』って養育費も払わなくなったんですよ。それで妹は病気でしょ、いよいよ生活が苦しくなって生活保護を受けるようになったんですよ」

「こんなこと言ったらいけないかもしれませんけど、ひどい人ですね」

「そんな状況見てたら、あの子もしょうがないと思ったんでしょうねえ。学校も辞めて父親の仕事をまた手伝い始めたみたいなんですけどね」

「息子さんは、子供心に悩んでらっしゃったんでしょうねえ」

「つらかったんだと思いますよ。最後はノイローゼみたいになってしまって、それで……」

「そんなことがあったんですか。伯母《おば》さんとしてもおつらかったでしょうねえ」

「もし、妹が本当のこと知ったらどれだけ悲しむかと思ったらね……。だから、妹には息子が死んだことを事故だとしか伝えられなかったんです」

「それで半年後に妹さんまでお亡くなりになられたんですね」

「あの男が二人を殺したのと一緒ですよ……」

悔し涙を流すお姉さまに、どう声をかけていいのかわからず、「お二人には天国で幸せになってもらいたいですね」と言うのが精一杯でした。

息子さんが亡くなって数カ月後、妹さんは退院して、入院中できなかった葬儀の代わりに初盆を済ませたそうですが、そこで気が抜けてしまったのかそれから二カ月後に転移していたガンが悪化して、息子さんの後を追うように亡くなったということでした。

お二人のご葬儀に、父親は来なかったそうです。もし来ても、追い返していたとぉ姉さまがおっしゃっていましたが、私が、その立場でも同じだったろうと思います。

けっきょくお姉さまは、最後まで甥御さんの自殺を妹に隠し通したわけですが、その他にも隠し通さなくてはいけないことが残っていることを話してくださいました。

それは姉妹の八十五歳になる母親に関することです。

お母さまに、妹さんの死は伝えたそうですが、孫が自殺したことはおろか、亡くなったことさえ伝えていないそうなのです。高齢に加え体調も芳しくない母親がもし事実を知ったら、それこそ卒倒してしまうのではないかと判断をして、話さないことに決めたのだとおっしゃっていました。あの子は仕事で遠くに転勤になったから帰ってこれないんだよ、と説明しているようです。

私は、お姉さまの判断は正しかったと思いますが、血を分けた実の親子でも事実を打ち明けられないというこのつらさは大変なものだと思います。お姉さまは、お母さまが天国へ召されるときが来るまで、その悲しみを抱えながら生きていかなければいけないのです。

家族を愛しているからこそできる我慢なのかもしれません。

今回の依頼主であるお姉さまは、遺品の整理をしたことで、心の整理と生活にひとつ区切りができたと言って喜んでくださいました。

少しでもお姉さまのお気持ちが楽になるお手伝いをさせていただけたのであれば、私どもにとっても本当にありがたいことだと思っています。

この仕事をしていると、世の中には信じられないくらい悲惨な生活を強いられている方がいかに多いかがよくわかります。そういう方々に会うたびに、自分がいかに恵まれたぬるま湯の中でノホホンと生活しているかを痛感し、もっと精進しなければいけないなあと身の引きしまる思いがするのです。

第23話　天国から地獄

故人が残した預金通帳には予想外の金額が。しかし……

身内を亡くした人が平常心でいられないのは自然なことですが、葬儀後の遺品整理の場ではその傾向はいっそう強まります。みんながみんな遺言書の有無だとか、現金や貴重品のありかのことばかり考えているかというと決してそうではありませんが、思った以上にそういう人が多いということは間違いのない事実のようです。

ひと言で言うと、みなさん欲望のカタマリになるとでも言うのでしょうか、さっきまでの涙はどこへやらという感じで、われ先にカネ目のモノを探そうと必死です。こういう状態になると、人間の感情の沸点は下がり、ちょっとした刺激ですぐに沸騰してしまうこともしばしばあり、実際、これまでにも数え切れないくらいの相続をめぐるモメ事を目の当たりにしてきました。

しかし今回の依頼主の男性は、そんな相続争いとは無縁の方でした。なぜならその人が唯一の相続人だったからです。

亡くなられたのはその男性のお母さまでした。ここ数年、母をひとり実家に置いたまま一度も帰省しなかったことをとても悔やんでおられました。

もう少し、もう少しだけお金を貯めたら母親を家に引き取ろう——。

いつもそう思いながら、とうとうこの日を迎えてしまったことで、依頼主である息子さんの落ち込み様はそばで見ていても気の毒なほどでした。

悲しいときは悲しませてあげることが大事です。私は、息子さんが落ち着かれるまでの間、黙って待つことにしました。

しばらくして、ようやく気を取り直した様子の息子さんが、私のほうにペコリと頭を下げて言いました。

「すみません、まだ信じられないのです……」

「そうでしょうね、時間のことは気にしないでくださいね」

「ありがとうございます。しかし、いつまでもくよくよしていられないんで……」

依頼主は、明日どうしても東京に戻らなければならない用事があるようで、とにかく今日中に荷物を整理してしまいたいとおっしゃいました。それに実家とはいえ、借家でしたので次にいつ戻ってこられるかわからない状況でいつまでも借りておくわけにもいかない、という事情もあったようです。

「それじゃあ、始めましょうか」

私たちは遺品整理と同時に貴重品の捜索にとりかかりました。

始めて十分ほどたったころでした。

「通帳が出てきました」

スタッフがそう言うと、息子さんに一通の預金通帳を手渡しました。

「あ、どうも……」

それからさらに五分ほどたったでしょうか、後ろで鼻をすする音がしたので、ふと振り返ると預金通帳を手にした息子さんが泣いていたのです。

「大丈夫ですか？」

「お袋が……」

「どうされました？」

「私のために……」

そう言って見せてくれた通帳には息子さんの名前が記されていました。そして、中身を見ると、そこには最高級のベンツが買えるくらいの数字が並んでいました。

小さな借家に住みながら、年老いたお母さまが息子のためにコツコツと息子名義で貯金してくれていたのでしょう。私たちはそんな献身的な母親の愛情にぐっときてしまい、思わずもらい泣きしそうになりました。

時間的に余裕のない息子さんは、「ちょっと行ってきます」と印鑑と通帳を持って出ていかれ、私たちはその間も着々と遺品整理を進めていました。

しばらくして息子さんが帰ってきたのですが、なぜかさっきとは打って変わってとても不機嫌そうでした。

「どうしたんですか？」

「…………」

「金額が大きすぎてすぐには下ろせなかったとか……」

「…………」

息子さんは口をへの字に曲げてなにも返事をしてくれません。無理やり聞き出すこともないので、私は再び作業に戻りました。

それから十分ほどたったでしょうか、息子さんがさっきの通帳を私に見せて言いました。

「三千円しか入ってなかったんです」

「ええっ！」

「さっきの金額は一年半前に記帳したやつで、それから十何回かに分けてほとんど引き出されてたんですよ」

「まさか……」

それ以上、何をどう言っていいのかわかりません。

息子さんにしてみれば、まるで地獄から天国、そして再び地獄へ転落といった感じではなかったでしょうか。

息子さんの表情から先ほどの怒りの色は消え、言葉では表現しようのない苦悩の表情に変わっていました。お気の毒としか言いようがありませんが、この現実をしっかりと受け止めて、早く気持ちを切り替えて日常生活に戻られることを願うしかありませんでした。

しかし、それにしてもあの大金はどこへ消えてしまったのでしょうか。

部屋の中を見る限り、高級な家財道具や装飾品の類もなく、質素な生活をされていたようでしたし、ローンや金融商品などのそれらしい書類も見つかりませんでした。

もしかして、いま問題になっているナントカ詐欺にでも引っかかっていたのでしょうか。

その後、あの依頼主がどうされたかは知るよしもありませんが、これもまた現実にあったお話なのです。もし自分がその息子さんだったら……。

あなたならどうしますか？

第24話　二十二歳の選択
ひとりの自死が遺族に与えるダメージを考えたことがありますか？

　ぶら下がり健康器にロープをかけ、二十二歳のその青年は人生最後の選択をしました。母親がほんのちょっと買い物に出ている間の出来事でした。

　帰宅した母親が見つけたときには、すでに手遅れでした。

　見積もり依頼の電話は、その母親からでした。

「時間はいつでもかまいませんが、今日、来ていただきたいんです。できたらそのときに荷物も持っていってもらえませんか？」

「かまいませんが、どんな物を撤去したらよろしいですか？」

「ぶら下がり健康器とロープや、本人の使っていた衣類などです」

「わかりました、それぐらいならひとりでも運べると思いますので大丈夫ですよ」

「見ているだけでもつらいので、無理を言いますがよろしくお願いいたします」

「あの、お部屋の状況なんですが、清掃や消毒の必要はございますか？」

「いいえ、それは私がやりましたので、荷物を運んでもらうだけでけっこうです」

「わかりました」

私は、少しホッとして電話を置きました。

約束の時間の四時に依頼主のお宅にうかがうと、お母さまのご姉妹らしき方が一緒に立ち会われました。想像していたより元気そうなお母さまは、すでに荷物もまとめられており、私が運び出しやすいようにしてくださっていました。例の〝ぶら下がり健康器〟も分解して紐《ひも》で縛って壁に立てかけてあります。

（これを自分の手で分解するのはつらかっただろうなぁ……）

私は、そんなことを考えながら荷物を外に運び出しました。だいたい運び終えたところでお母さまが小物類の入ったバスケットを持ってこられて言いました。

「少し増えてもいいですか？」

「けっこうですよ」

「これは、たぶん息子が実行するために買ったカッターなんでこれも処分してくれますか？」

差し出されたカッターは、どこにでもありそうな何の変哲もないただの道具でしたが、その状況で見ると嫌な想像をしてしまうものです。しかしそれよりも、お母さまが口にした「息子が実行するために」という言葉が、妙に私の心をざわつかせ少なからぬショックを覚えたことを記憶しています。

私の前では、とても気丈に振る舞われ、息子さんはこれまでに何度も自殺未遂を起こしていたということも話してくださいました。最近ではそのような兆候もなく、比較的元気になって自立しだしたかに見え始めた矢先の出来事だったそうです。実際、鬱状態のときよりも、回復しかけのときがいちばん危ないと言います。本当に鬱のどん底のときは死ぬことすら面倒になるらしいのです。

会社に戻る車の中でも、私とそう年の違わぬ先ほどのお母さまがいまどんな心境なのだろうかと、それればかりが気にかかり、精神的に崩れてしまわないことをただただ願うばかりでした。

亡くなったこの青年のような自死者は、一九九八年を境に連続して年間三万人を超え多くの自死遺族に大きな精神的障害を残しています。

ひとりが自死した場合、遺族や友人など最低五人の方がなんらかの精神的障害を引き起こすといわれ、一年で実に十五万人以上の方が苦しんでおられるのだそうです。

そんな方たちのためのケアをボランティアで行い、相談に乗ってくれる自死遺族支援専門のNPOがあることをここでちょっと紹介させていただきたいと思います。

「グリーフケア・サポートプラザ」(http://www12.ocn.ne.jp/~griefcsp/) がその団体の名称で、ボランティアでお話を聞いてくださる方々の多くは、相談者と同じ自死遺族の方々だそうです。

身内の自死の場合は、相談する相手が見つかりにくく、苦悩をひとりで抱えてしまう方が多く、しまいには遺族までもが自死に追いやられるケースも少なくないようです。そうならないためにもこのような専門機関にご相談をしてみてはいかがでしょうか。

また、自死に限らず、人は自分以外の人間の死によって気持ちを制御できないくらい強烈な悲嘆による精神的なダメージを受けてしまうことがあります。

自分の生活環境が大きく変わってしまったわけではなく、人がひとりこの世からいなくなったというそのことが、残された遺族にとってはまるで世界が破滅したのと同じくらいの衝撃に感じられてしまうのです。しかし、そのような大きな悲しみにくれるということは、すなわちそこに人と人の強いつながりや深い愛情が存在していたからこそなのではないかと思うのです。表面的な関係ではなく、精神的に頼りあっている関係であったからこそ、その関係がなくなってしまったときのショックは大きく、耐えられないほどのつらさや後悔、そして憎しみが襲ってくるのだと思うのです。私はそのように精神的に苦しんでいらっしゃる方々の回復のためにもグリーフ（悲嘆）ケアはとても大切なことだと感じています。

なので、これからもボランティアで活動しておられる方々のお手伝いを積極的に行っていこうと考えております。

第25話　悲しい孤立死を迎えないために「死」を自分自身の問題として真っ正面から見据えることの大切さ

「どうしたら、孤立死は減らせると思いますか？」

メディアに限らず、さまざまな人からこの質問を受け、そのつど、私の思うところを述べているわけですが、やはり大切なことは単なる知識としてだけでなく、「身をもって知る」ということではないかと思います。

私のアイデアの中でも、いちばん効果がありそうなのが、私どもの会社「キーパーズ」の社員と一緒に孤立死現場に行っていただいて、実際の現場を目の当たりにするということでしょう。一度、その現場を見たらなにがなんでも変死だけはすまいと、誰もが心に誓うのではないかと思います。が、これにはあまり現実性はありません。

そういったショック療法（ある意味脅しです）を受けるよりも、もっと大切なことは私がたびたび述べているように、独居老人として孤立してしまう前に、周囲の人たちと人間関係を築いておくことなのです。

大切なことですから何度でも言います。まずは人間関係です。いちど途切れてしまった人間関係を独居老人が元に戻していくことは非常に難しく、まず不可能と言っても過言ではありません。

肉体的な衰えを感じる頃に定年を迎えて職場から離れ、特にこれといった趣味を持たず十分な蓄えも持っていない高齢者が単身世帯者として生活を始めると、その多くの方は遠慮がちで内向的な生活スタイルを送ってしまう傾向があります（同窓会などの集まりに参加することも遠慮がちになっていきます）。

そして自己主張をしたり他人と会話をしたりする機会をどんどん失っていき、ついには他人とのコミュニケーションが面倒だという感情や、〝どうせ自分なんか〟という開き直りというかいじけたような心境に陥ってしまうのです。

そんな状況から脱却し生活環境を自主的に変えることができる人など、多めに見積もっても一割もいないのではないでしょうか。

なんの気なしにかける「頑張ってくださいね！」などという言葉は酷なだけなのです。

これは決して独居老人に限った問題ではありません。最近ではすっかり市民権を得た感のある「ニート」や「引きこもり」、あるいは「登校拒否生徒」といった若い世代の人たちがすでに生きる希望を持てないネガティブな感情に支配されつつあるのではないかと思うのです。言葉はきついですが、彼らは〝孤立死予備軍〟としての第一歩を踏み出していると言っても言いすぎではありません。いちど入り込んでしまった穴から引きずり出すこと、ましてや自主的に出てきてもらうことは本当に難しいのです。

数年前、あるひとりの学生が私の元に電話をかけてきました。

独居老人の孤立死について卒業論文を書きたいので話を聞きたいというのです。

私は快くその学生さんからのインタビューを受けることにしました。

彼は、親の仕事の都合で十六歳までアメリカで育った、いわゆる帰国子女でしたが、その割にまったく日本語におかしなところはなく、それどころかそのへんの若者よりもきれいな日本語を話すほどでした。

その学生さんが、私に最初に質問したのはこういうことでした。

「日本に帰ってきて驚いたのが、日本人はコミュニケーションが苦手だということです。特にお年寄りがあまりしゃべりませんよね。友だちが少ないのですか？」

「なるほど、そんなふうに感じましたか」私は思わずうなってしまいました。

みんなが必ずしもそうではないと思うが、アメリカ人と比べたら他者とのコミュニケーションをとることに対して決して積極的とは言えないだろうと答えると、彼がこんなことを話してくれました。

「私が住んでいた町には、高齢者のスポーツチームやコミュニティがとてもたくさんあって、高齢者のほとんどがなんらかのコミュニティに参加しています。だから、みんな友だちを持っていてとても明るかったですよ。日本でもそんなことはできないのでしょうか」

「そうですね、日本にもかつては町や村の単位でみんなが参加するコミュニティがたくさんあったし、実際現在でもあるけれど、昔とはスタイルが変わってきてるからお年寄りには抵抗があって参加しにくいケースも多いでしょうね。特に都心部のお年寄りはそうじゃないでしょうか」

「でも、孤立死を減らすためにはそこをなんとかしなければダメですよね」

「そのとおりですね」

私はうなずくと、日本の現状や私どもの会社が行っている事業内容について一時間ほど話をさせていただきました。

「では、具体的にどうすれば変死に至る悲惨な孤立死が減らせると思いますか?」

学生さんは、そうストレートに聞かれました。

「そうですね、まず四十歳から四十三歳ぐらいの時期がいいと思うのですが、国民の義務として参加しなくてはならない講習会を開くのがいいでしょうね」

「……?」

「誕生日の前後三カ月以内に、必ず参加してもらうんです。時間は三時間で十分でしょう。そこで孤立死現場の悲惨な映像を見てもらったり、周辺に与える影響などを知ってもらうのです」

「なるほど」

「そうやって自分はビデオのような悲しい最期を迎えたくないという意識を持ってもらうんです。その上で人間関係の重要性を再認識してもらえれば、最終的には孤立死の軽減につながるのではないかと思います」

「それはいいアイデアかもしれませんね、でも、どうして四十歳から四十三歳なんですか」

「四十歳くらいになると多くの人は、自分自身に体調の不安を感じてきます。親や親族の葬儀に参加する機会も少しずつ増えてきて、身近に死を意識し始めるんですね。だから、その時期に自分の十年、二十年後のことをあらためて考えてもらって、悲しい状況に陥らないようにすることを意識してもらえれば、効果が出てくると思うんですよ」

「そう言われればそうかもしれませんね」

「やはり介護のように自分自身で身の回りのことができない方には周囲の協力は大切でしょうけれども、寝たきりといった状況になる以前にそれを防ごうとする意識を持ってもらうことが大切だと思うんですよ」

自分自身の意識を変えるだけで人間の生き方、生活スタイルはいくらでも変化していきます。これからますます高齢化していく社会において、第三者のものとしてではなく、自分自身のものとして「死」を真っ正面から見据え、真剣に考えることがますます重要になってくることは間違いない事実ではないでしょうか。

[コラム❺]「ついのすみか」私の提案

日本の六十五歳以上の人口に占める介護施設やケア付き高齢者住宅の割合は世界の先進国の中では大変少ない水準にあるそうです。一〇パーセントのアメリカを筆頭に諸外国は八パーセントを超えているのに、日本は四パーセント。約半分です。そこで最近思うことがあるのです。

少子高齢化にともない、閉鎖に追い込まれる学校が増えクラス数が二十年前の五分の一以下になっている学校がとても多いと聞きます。生まれてくる人間よりも死んでいく人間のほうが多くなれば人口は減ります。そうなれば親戚の人数も減りますし、近年の核家族化と相まっておじいさんやおばあさんと過ごす時間も減り、お年寄りとどう接していいかわからない子供たちが増え続けることは当然の結果と言えるでしょう。

最近では高齢者向けのケア付き集合住宅などの施設も増加してきていますが、費用的にはかなり高額になる物件が多く、私どもが遺品の整理をお手伝いさせていただく方の半数以上は入居することが難しい状況ではないかと感じています。

ある日、私の元へ遺品整理の事前予約の相談をしたいという一本の電話がかかってきました。かけてきたのは七十四歳の男性で、四年前に奥さんを亡くされいまはご自宅でひとり住まいをされているということでした。

「女房が亡くなって最初の頃は気が張ってたんでしょう。体の調子も悪くなかったんでそれほど不安もなく暮らしていたんですけど、四年もひとりで暮らしていると、ひとり身がだんだんつらくなってきてねえ、高齢者用の施設に入ろうにも入居費が高くてとてもじゃないけど入れそうにないんですよ」

そうおっしゃる男性に、私もただ同情するしかありません。「それは心配ですねえ」と相づちを打つと、受話器の向こうからため息が聞こえました。

「子供もいませんし……。自分はここで孤立死してしまうんじゃないかと不安になってた矢先にお宅の記事を新聞で見て電話させてもらったんです」

「そうだったんですか。ところでご主人、いまは介護保険制度というのがあるのをご存じですよね。訪問介護の人が週に何度か来てくれて話し相手だとか身の回りのお世話をしてくれるんですけど、ご利用されたことありませんか？」

「一度相談には行ったんですけど、いまのとこ体も元気でぴんぴんしているので介護も来てくれないし、ホームへも入れてくれないんです」

「申し込まれたんですね」

「ええ」

「ホームというのは軽費老人ホームのことですか？」

「そうです。ところが半年以上待ってくれと言われましたよ」

「そうですね、介護にかかっている方のほうが優先になってしまうのが現実みたいですね」

「私立だと値段が高い、公営だとなんやかんやと制限があってなかなか入れてくれない。小金を持ってるとかえって難しいことになる社会なんですよ」

「なるほど、そういうことなんですねえ……」

「本当に具合が悪くなるまでは、ひとりでここに住んでるしかないのですよ。突然病気になってからでは家財の整理なんてできないでしょ。だからお宅に事前にお願いしておこうかと思ったわけですよ」

身寄りがあろうとなかろうと、ひとりで住んでいるお年寄りは、大なり小なりみんな同じようにこの男性のような悩みを抱えているのです。

そこで最初の話に戻るのですが、老人施設問題の解消策として、定員割れしている学校の一部を老人施設に改築するというアイデアはどうだろうかと私は考えています。元気なお年寄りに入居してもらい、学校教育の一環として学校を子供たちとのふれあいの場として活用するのです。こうすれば学校の建物の有効利用や軽費老人ホームの不足の解消にもなるでしょう。高齢者と子供たちがふれあう機会が増えれば、来るべき超高齢化社会へ理解ある世代を増やすことになるのではないかと思います。

第26話　離婚しても子供は子供
ゴミの山の中、一箇所だけ整地された場所に飾られていた写真

自宅のアパートの布団の中で亡くなっているのを発見されたその五十七歳の男性は、当初、まったく身寄りのない天涯孤独の人間だと思われていました。

発見したのは会社の同僚でした。死後、三時間。孤独死とはいえ、そんな短時間で見つかったということは、それなりに会社での人間関係を保っていたということなのでしょうが、どんなに親しい同僚も、まさか彼に娘がいたとは思ってもみなかったようでした。

男性に身寄りがいることを発見したのは、現場に駆けつけた警察官でした。遺体のそばにあった携帯電話のメールを確認して、その男性に娘がいることがわかったのです。

今回のお仕事の依頼はその娘さんからでした。

部屋の中は、典型的な中年の独身男性の部屋という様相を呈しており、整理整頓という言葉からはほど遠いものでしたが、ゴミや脱ぎ散らかした衣類の山の中に一箇所だけきれいに「整地」されたような場所があって、そこに写真立てに入れた一枚の写真が飾られていました。まだ小学校に上がる前くらいの小さな女の子が、首をかしげて笑っています。

娘さんの話によると、故人が妻と離婚をして娘さんと離ればなれになったのは二十年以上も前のことだそうです。

当時小学生だった娘さんを元妻に渡し、ひとりで東京に出て職を見つけ働きだしたそうです。ろくに養育費も送ってこなかったそうですが、娘さんのことだけは忘れられなかったのでしょう。

数年前からは、娘さんも父親のことが気がかりになり、年に一度か二度電話をかけて互いの近況を報告し合うようになっていたそうです。そうこうするうちに、父親は携帯電話でメールをやりとりする方法を覚え、それからは娘さんとメールでやりとりをするようになり、娘さんの誕生日には、毎年、必ずお祝いのメールが入ったそうです。

それ以来、二人の距離を隔てた交流は続き、数カ月後には父娘で再会の約束をするまでになった、その矢先に届いた訃報《ふほう》でした。

「お父さんがここでこんな生活をされていたのは、ご存じだったのですか?」

立会いにいらしていた娘さんは、「いいえ」と首を振って言いました。

「会社契約で借りているアパートに住んでいるとは聞いてたんですけど、もっとしっかりした生活を送っているもんだと思ってました。まさかこんな状態で生活をしていたなんて……」

「そうですか」

「私に子供が生まれたので、孫の顔を見てもらおうと思って会う約束をしたばっかりだったのに……」

「本当に残念なことをしましたね」

「はい……」

「子供さんは?」

「いま、母が近くのホテルで見てくれています」

「お母さんも来られているのですね」

「ええ。でも、母はここには来ません。母は再婚していますので……もう」

離婚後、十年、二十年たっても再婚せずに（できずに？）孤独な独居中年として生活している男性はとても多いようです。その挙句、孤立死してしまって子供や元の奥さんの世話になる方はけっこういらっしゃいます。

生活力という点においても、精神力においても、やはり女性のほうが一枚うわ手であることは事実のようです。母は強し、というやつでしょうか。

亡くなった方には申し訳ないのですが、同じ男性側の人間として少し情けないと思わずにはおられません。男がもっとしっかりしないと大変な世の中になってしまいそうですよね。

離婚経験者の独居中年男性のみなさん。まだ諦めないでくださいよ！

あなたのお子さんは立派に成人して社会で頑張っているのです。子供には悲しい思いはさせないでくださいね！

第27話　自殺願望者からの電話

「私ねえ、もう世の中が嫌になったんで死のうと思うんやけど……」

ある日の午後、見積もりから戻ってきた私にスタッフのひとりが浮かない顔で言いました。

「変な電話があったんですけど、なんて答えればいいかわからなくて困ってるんです」

「変な電話って……？」

「自殺したら火葬と散骨と遺品整理を頼めるかって聞くんです。それと費用はいくらくらいかかるのかって……」

「それでなんて答えたんや」

「公衆電話だったみたいで、途中で切れました」

「なんか訳のわからん電話やな」

と、そのとき電話のベルが鳴りました。

「もしもし、はい、しばらくお待ちください」彼女は保留ボタンを押すと私に言いました。「またかかってきました!!」

私は、自分が出ると言って受話器を取りました。

「もしもし、お待たせいたしました」

いま電話をかけていた者だが途中で切れてしまったのだと言う電話の主に、私は自分が聞くので話すよう促しました。

「私ねえ、もう世の中が嫌になったんで死のうと思うんやけど……葬儀はせんでもええけど、火葬してもらわなあかんし遺品の整理もしてもらわんといけないと思うのでおたくに頼んでおきたいんだよ」

「なんでそんなに死にたいんですか？　そんなお年でもなさそうですし、そうそう悪いことばっかりとは違うと思いますけど」

「なに言うてんねん、そんなことないよ。ワシなあ、去年株で大儲けをしたんやけど、あれはけっきょく客には儲けさせんようになってるんや。今年になって儲けどころか持ち金ほとんど取られてしまって……。もうそうなったら人生は終わりでしょ？」

「いやあ、そんなことはないと思いますよ。それに株なんていうものは、リスクがあるもんやって初めからわかっているんじゃないですか？」

「いやあれはひどいよ。バクチみたいなもんや。バクチに負けたんやから、もう潔く死んだほうがええねん。そやから、おたくに頼んでおきたいって言うとるんや。おたくかて仕事なんやから受けてくれるんと違うんか？」

「そんな話は受けられませんよ。当社が受けるのは遺品整理の相談だけです」

「そんな殺生なこと言わんで受けてくれよ」

「無理ですよ、そんな相談。とにかくそれは当社の仕事の範囲外です」

「そしたら、どこに頼んだらええんや」

「知りませんよ！」私はつい大きな声を出していました。

「そんな申し込み受けてくれるところなんてあるわけないでしょ！」

すると、それまで高圧的だった電話の主の声のトーンが急に弱くなりました。

「困ったなぁ……。なんとかなりませんか？」

「ご家族は、いないんですか？」

「あんなヤツらはアカンよ。ワシのこと嫌ってるから」

「まあ、そうだとしてもですよ、『自分は死ぬから後はよろしく』って言われて『はい、わかりました』なんて言う人いるわけないでしょう⁉」

「そうかなあ？」

「もういい加減にしてください。とにかく当社は自殺の相談や受け付けをやってる会社ではないので！」

「だったらどこに相談に行ったらええねん」

　また同じ話です。私は「フー」とひとつため息をつくと言いました。

「どうしてもとおっしゃるんでしたら、警察か病院に聞いてみたらどうですか？」

「わかった、じゃあそうするよ……でもおたくじゃダメか？」

「ダメです！　それより、そんなこと考えるのはやめて仕事見つけて働いたらどうですか？」

「いまの世の中、ワシみたいな五十八のジイサンが仕事なんか探してもないに決まってるよ。交通整理とか清掃やったらあるかもしれないけど、そんな仕事するくらいなら死んだほうがましだと思うでしょ」

「いいえ。私は思いませんよ。清掃の仕事だって大切な仕事ですよ！　みんな嫌なことでも我慢して頑張って働いているんじゃないですか？」

「ワシにはそんな我慢できんよ」

「じゃあ、勝手にしたらどうですか！」

私は、再び大きな声を出していました。

「あんたは、冷たいこと言うねぇ……」

「あのねえ……」

私は電話の主と虚しい掛け合い漫才をしているような気がしてきました。それからも電話の主は、ああでもないこうでもないと自分の不遇を私にグチるのです。

けっきょく電話が終わるまで、三十分以上つき合わされたでしょうか。

本当に、怒りはしませんでしたが、こういうときはある程度は強く否定をしないと、この手の人はどんどん無茶を言いだしてくるのです。

とは言え、話の中には確かに現代の社会が抱える、たとえば中高年層の再就職の難しさといった問題なども多く含まれていました。

これを読んで〝変なおじさんだなあ〟と思った方も多いでしょうが、これからの時代、このような人が増えていくのは間違いないことだと思います。

認知症でもなく、病気でもないこのような人たちに不足しているのは、やはりイザというときの人間関係なのです。

個人主義とか自己責任という言葉があふれ返っている現代の日本ですが、たとえ前近代的だとか馴《な》れ合いだと言われても「お互いさま」とか「助け合い」というのは、日本人のＤＮＡに刻まれた古きよき伝統だと思います。孤立死の問題も含めてわれわれ日本人は、もっと他人との人間関係を密にする必要性があるのではないかと思います。

第28話　天と地を分けた「ひと言」
うっかり口にしてしまった
善意の中のほんの少しの打算

事前見積もりにおじゃましたお宅で、依頼主のおばあさんが、部屋の中を見回しながらなんともやり切れないという表情でおっしゃいました。

「本当は、全部あの子に残してあげようって思ってたんですよ。だけど、あのひと言でもう、そんなことするのが馬鹿らしくなって……」

「あの子」というのは、おばあさんの亡くなったお姉さんの息子、つまり甥っ子のことでした。

その甥御さんは十年あまりもの間、夫に先立たれた叔母さんのためにずいぶんと献身的に身の回りの世話をしてくれていたそうです。ですから、それに感謝の意味を込めてそれまでコツコツと蓄えてきた財産は、すべてその甥のために残してやろうと、その旨を遺言に書き残しておこうとした矢先のことでした。

あるとき、雑談まじりにその甥御さんがこんなことを言いだしたのです。

「この家のことなんだけど、できたら俺の名義に書き換えてくれないかなあ……」

おばあさんが、自分の耳を疑いながら「どうして」と聞くと……。

「別荘代わりに使わせてもらおうかなと思ってさ」

おばあさんは、ただ「そうなの？」という言葉しか出なかったと言います。

実は、ときどきこんな話を耳にします。

損得抜きで自分に尽くしてくれていると思っていた人が、実は自分の財産目当てだとわかったときのショックは、年を取れば取るほど大きく、虚しさもまた強いのではないでしょうか。

こんな残酷な話はありません。

このおばあさんに限らず、高齢になって親族の誰かの世話になりながら生活をしているケースは少なくありません。そして、同時にその世話をしている人の多くがまた心のどこかでお金や財産のことを意識しているのです。それを打算的であるとか、偽善者だというのは簡単です。しかし、人間が誰かのためにあることを為《な》すとき、意識するしないにかかわらず、その対価や報酬を求めてしまうのはある意味とても自然な心理なのではないかとも思うのです。

おそらく、この甥御さんはひとり身になった叔母さんのためを思って身の回りの世話をしていたことは間違いないと思います。そうでなければ、もらえるかもらえないかわからない財産のために、十年もの長きにわたって献身的に世話などできるものではありません。

善意の中に少しくらい打算が混じっていたとしても、誰もその甥御さんを責めることはできないと思います。しかし、それが言葉にされるのとされないのでは天と地ほどの差がある。それが言葉の怖さだと思います。

家を自分の名義にしてほしいという、そのひと言で甥御さんは叔母さんとの間にとてつもなく大きな溝を作ってしまった。これはおばあさんにとっても、そして十年間世話をし続けてきた甥御さんにとっても不幸な出来事だと言わざるを得ません。

私に言わせると、この甥御さんが不器用だったのです。この男性がもう少し頭の回る人間であったなら、もっとうまく立ち回って家だけでなく、叔母さんの全財産を相続できていたことでしょう。

本当に打算的な人間は、相手に打算と気づかれないまま欲しいものを得てしまうものです。そしてその相手もまたその打算に気づかないままハッピーエンドを迎える。

(なんだかなあ……) という気もしないではないですが、それが人間の本質なのかもしれません。

私はそのおばあさんには言いませんでしたが、「もう一円も残してやる気もなくなった」というより、人間は互いに弱い存在であることを思い出し、甥御さんがこれまでしてくれたことに、感謝の気持ちを持って、たとえ全財産は「ナシ」ということにしてもそれなりのものを残してあげることがお互いの幸せになるのではないかと思うのですが、みなさんはどう思われますか。

第29話　死臭を消したキンモクセイ「まさかそんなことが起こるとは想像すらしていませんでした」

秋の長雨が続いていた十月のある日のこと。

弟を亡くされたお兄さまが残念そうにこうおっしゃいました。

「部屋のすぐ脇をいつも通っていたのに、キンモクセイの香りで気づきませんでした」

言われてみれば確かに、現場となったその部屋に面した庭でキンモクセイの木がいい香りを放っていて私自身も室内に入るまでは死臭を感じませんでした。

お兄さまは、まさか自分の大好きなキンモクセイの香りで弟の死に気づくのが遅れるとは思わなかったのではないでしょうか。

発見された故人は、まだ六十歳。普通ならこれから第二の人生をスタートさせようという時期です。

読書が趣味だったのでしょう、図書館のシールが貼られた本が部屋のあちこちに置いてあって、その一部は遺体からしみ出した体液を吸って表紙が反り返っていました。本の他に目についたのは、座卓の上に無造作に広げられた数十枚の写真でした。故人の年齢から推測すると三十年くらい前に撮ったのでしょう、そのほとんどが奥さんらしき女性と三歳くらいのお嬢さんの三人で写った家族写真でした。

しかし、部屋の中には「家族」の匂いのするものはなにひとつ残っていませんでした。

おそらく自分に死期が迫っていることを察した故人が、どこかにしまってあった昔の写真を見たくなったのでしょう。かつて幸せだったその頃のことを懐かしく思い出しながら亡くなっていったのか、それとも苦い後悔と共にか……それは本人のみぞ知ること。私には逆立ちしたってわかることではありません。

室内には空になった大量の焼酎《しょうちゅう》の瓶が転がっていて、吐血した際に使ったとみられる血染めのティッシュが部屋のあちこちに散らばっていました。

うかがったところでは、故人は数年前から声が出なくなり人とのコミュニケーションはファックスを使っていたそうで、「水曜日の十時にうかがいます。もし体調が悪くなったらすぐにファックスして下さいね」といった訪問介護の担当者からとみられるメッセージが記された用紙が電話器の周囲に落ちていました。

訪問介護の人はどうしてもっと早く故人の異変に気づかなかったのだろう……。

私は、作業をしながらついついそんなことを考えている自分に気づいて思わず苦笑いしてしまいました。

一カ月ほど前にお会いした『死体は語る』などのベストセラーの著者で、元東京都監察医務院院長の上野正彦先生の言葉を思い出したのです。

「私とあなたの仕事は、考古学的な仕事なんですよ」

私は一瞬、先生のおっしゃった言葉の意味が理解できなかったのですが、すぐになるほどなあと感心させられました。

上野先生のお仕事は、もの言わぬ死体を見て、その人がいつ頃どのようにして亡くなったのか、自殺なのか他殺なのか病死なのかといったことを解明していくことです。

考えてみれば私も遺品整理という仕事を通して故人の生前の生活スタイルや生き様を推測しているわけですから、確かに解剖と似ているところがあるかもしれません。

ただし私は、推測することが仕事ではありませんし、故人やご遺族にとってみればおせっかいな話かもしれません。しかし、こういった孤立死の現場を観察してその原因を探ることが、悲惨な孤立死を減らすための貴重なデータとして役立っていることもまた事実なのです。

話を元に戻しましょう。

故人が亡くなっていた家は部屋数が七つもある大きなお屋敷で、同じ敷地内に同じような邸宅がもう一軒建っており、そちらに依頼主であるご長男が住んでおられたのですが、お兄さまのお話では一週間ほど前から夜中に電気がつけっぱなしになっていたことには気づいていたのだそうです。

しかし、「まさかそんなこと」が起きるとは想像すらしていなかったし、もしなにかあれば自分からファックスで知らせてくるだろうと思っていたのだとおっしゃっていました。

本当にみなさんが口をそろえていうのがこの「まさか」という言葉なのです。

一冊目の本にも書きましたが、孤立死する人の多くが「まさか」の人なのです。

まさかあんな元気だった人が、まさかあんなに若い人が……。

ある程度の年齢に達した親族やお友だちがいて、なにか普段と違うことがあったときには「まさか」ではなく「もしかして？」と考えてください。
「縁起でもない」などと言っていたら手遅れになってしまいますよ。

第30話　身勝手な相続放棄
故人の母が見せた常識はずれの対応

九州の玄界灘に面した、とある小さな町のアパートで自殺がありました。

鴨居にかけたロープによる首吊り。亡くなっていたのは二十代後半の男性です。

不動産屋さんの紹介で向かった現場に、依頼主である母親の姿はありませんでした。状況が状況だけに、自分は部屋の中に入ることはできないので電話でのやりとりとなったのです。

見積もりをして、電話でその金額を伝えると「それでお願いします」とのことでしたので、私たちは即日対応ということで現場の清掃や消毒などの作業を行いました。

通常は、作業完了時に現金でお支払いいただいているのですが、今回は部屋のほうにも来られないということだったので、銀行に振り込んでいただくかこちらから集金に行く旨をお伝えしようとしたのですが、葬儀が終わったその日は大変だろうと思い、翌日、依頼主の元へ電話を入れたのです。

「料金のお支払いの件なんですが、お振込か集金、どちらにいたしましょうか？」

「すみませんが、実はお金がないんです」

「『ないんです』と言われても『はい、そうですか』で済ませるわけにはこちらもいきませんので。お支払いくださる意思がおありなら、支払い方法にも相談に乗れるかもしれませんけど、『お金がない』ではこちらとしても困ってしまうのですけど」

お母さんの声はいまにも消え入りそうでした。

「息子の葬儀代金も、滞納した家賃もなにもかも払えてないんです。それどころか前に息子が作った借金で毎月生活していくのがやっとで……」

「ご親戚に相談されたのですか？」

「つき合いのあった親戚にも見放されました……。いまは十九歳の娘と二人でパートの給料で食べていくのがやっとで……本当に悪いとは思いますけど、払えないんです」

こっちとしても、「ではけっこうです」とは言えません。「いくらなら払えますか」と譲歩しても答えは同じでした。

「すみませんが無理です」

こうなったらお手上げです。

この母親は、代金を払えないことがわかっていながら私どもに仕事を依頼してしまった。言葉はきつくなりますが、言うなれば確信犯だったのです。

お母さんにしてみれば、お金の目処《めど》が立たないことはわかっていても、突然の息子の自殺という悲劇に見舞われそれでなくても近隣に迷惑をかけている状態の中、「しばらく検討してみます」とは言えない状況だったのでしょう。

お母さんが本当に払えないかどうかなんて、そう簡単に調べることもできません。紹介してくださった不動産屋さんとも話をしてみましたが、わかったことは「お互いに手づまり状態にある」ということだけでした。

それからも何度か電話をかけてみたのですが、その日以降電話がつながることはありませんでした。内容証明で請求書を送付し、何度かコンタクトを取ろうとしてみたのですがすべてうまくいきませんでした。

それから数カ月たったある日、私どもの元へ一通の封書が届きました。

――今回、〇〇は××の遺産相続放棄を家庭裁判所に申し立てをし、受理されました。

要するに、お母さんは息子の負債も含めてすべて遺産相続を放棄したので、借金は払えませんよと言ってきたのです。が、当然、これは私たちに対しては無効です。

滞納していた家賃や故人の借金は、相続放棄が認められれば支払う義務はなくなりますが、遺品整理代金や葬儀費用は、亡くなった本人が申し込んだのではなく、遺族であるお母さんが申し込んでいるからです。

お母さんにしてみれば本当に災難だったでしょう。お気の毒だとも思いますが、それならそれでもう少し常識のある対応をしてほしかったと思います。

相続放棄に関するエピソードとしては、こんなこともありました。

その日、私が訪れたのは、東海地方の新幹線の某駅から車で二十分ほどの住宅街の中にある町工場でした。

依頼主は、故人のご長女でした。亡くなられたお父さんはそこで鉄工関係の会社を経営されていたのですが、長引く不況のあおりを受けてここ数年は、仕事もなく開店休業状態で工場の中は荒れ果て、巨大なゴミ箱と化していました。とはいえ、それまでの蓄えのおかげで借金経営に陥ったというわけでもなく、二箇所ある工場の土地も父親名義であったため、相続問題が発生するような状況にはないと思っていたのですが……。

二棟の工場の中をぐるりと見て回った私に、依頼主であるご長女が心配顔で言いました。

「見てのとおり荒れ果ててしまって、ご近所からもずいぶん苦情が出てるんで、早いこと建物を解体してきれいにしてしまいたいんですが、けっこう費用はかかりますよね」

「そうですねえ……。大きな建物ですし、廃材なんかもたくさんありますので、そのへんの一軒家を解体するのとは訳が違いますからねえ。そこそこ費用はかかると思いますよ」

「やっぱりねえ……。実は、相続放棄も考えてるんですよ」

「どうしてですか？」私は思わず聞き返していました。

「お父さんに借金がおありだったとか……？」

「いいえ、そうじゃないんですけど、なにしろこんな田舎でしょ。土地の値段も極端に安いから、それを売っても解体費用の金額さえ賄《まかな》えるかどうか……」

「なるほど」

「そもそも買い手がつくかどうかもわからないですしね」

「そうですね、確かにこのあたりでしたらそんな問題もあるかもしれないですね」

「だから、せっかく見積もりをしてもらってもお願いできるかどうか……」

「それは気にしないでください。あくまでも見積もりですし、同じようなお悩みの方もたくさん見てきておりますので心配無用ですよ」

そう言ってから、私は「参考までに」と前置きして、不動産や資産のない人たちの債務の相続放棄よりも、不動産を有しているのに相続放棄できないケースがけっこうあるのでそのことも考慮に入れておいたほうがいいというお話をしました。

「えっ！　そんなことってあるんですか？」

目を丸くする依頼者に私は説明しました。

「私も何件か似たようなケースに立ち会ったことがあるんですが、立地などの条件によっては相続放棄ができないケースもあるようですよ」

依頼主の顔がみるみる青ざめていくのを見て、私は余計なことを言ってしまったかなと思いましたが、実際、この方のように親が土地や建物を残してくれたからといって手放しで喜べないという人は意外に多いのです。相続放棄できない場合は、そのまま固定資産税を払っていかなければなりませんし、ご近所からの苦情にも対応しなければなりません。結局は上物を解体するなどして更地に戻し、駐車場などにして買い手を探すことになることが多いのです。

持たざる人から見れば、贅沢《ぜいたく》な悩みと思われるかもしれませんが、実際は売るに売れない物件を抱え、お金ばっかりが出ていくという悲惨な状況に陥っている人は現実にいるのです。国も財政難で、苦情つきのお荷物になるような不動産まで面倒見切れなくなったということでしょうか。

第31話　ゴミの中から一本の足が……
まるでウジ虫になった気分や、
俺はいったい何してるんやろ？

「二年ほど前にお願いした者なんですけど……」

いわゆるリピーターからの見積もり依頼でした。住所と名前をうかがうと、確かにうちで作業のほうをさせていただいた方でした。

「そのときにとても親切にしていただいたので、今回も」と嬉しいことをおっしゃってくださいます。

「ありがとうございます。ところで今回はどなたの遺品整理を？」

「いとこなんですが、ウチから車で五分ほどのところなんで、一度、こちらに来てもらって、そこから一緒に現地に行きたいと思うんですけど」

そして見積もりの当日、私は依頼主と共にその現場に向かいました。

現場は古い木造アパートの二階のいちばん奥の部屋でした。

外付けの鉄製の階段を上りかけたとき、依頼主である女性のご主人が言いました。

「とにかくすごいんですよ。大丈夫ですかねぇ……臭いもけっこうキツくて」

ドキリとしながらも、こんなときはいつもの「慣れてますので」のひと言でさらりとかわすしかありません。とはいえ、ドアを開けたとたんに後悔、ということは何度もあります。

今回の仕事もまさにそれでした。

その予感は部屋のドアを開ける前から十分に感じ取ることができました。玄関の前の通路にウジ虫の抜け殻やゴミが散乱しているのです。

ゴミマンションならぬ、ゴミアパートであることは間違いありません。ドアを開けた際に室内から崩れだしてしまったのです。

「開けてもいいですか？」

「どうぞ」と言ってからご主人が念押しするように言いました。

「でもびっくりしますよ」

「ぜんぜんへっちゃらですから気になさらないでください」

余裕の笑みを浮かべ、ドアノブを回しました。

扉を開けたとたん、目の前に高さ約一・二メートルの高さのゴミの断崖《だんがい》が私の行く手を阻んでいました。

部屋の中に入るにも、入り口の高さが六十センチほどしかないのです。

「これは相当な量ですね」

「四トンくらいですかね？」とご主人。

「いやぁ……そんなもんじゃきかないでしょうね。ここから見ただけでもその倍はありますよ」

「やっぱりそんなにありますか……。でも奥のほうは少し低くなっているんですよ」

「わかります。それにしてもこれは大変な量ですよ」

「そうですか」ご主人がちょっと不審そうな目で私を見て言いました。

「それで中には入られないんですか？」

「は、入りますよ。いまから」

私が、入室をとまどっているように見えたのでしょうか？

「では」と言うと、私はゴミの山を登り始めました。

室内は、まるで洞窟《どうくつ》の中のようでした。死後一日か二日で発見されたようですが、少し進んだあたりに死臭が漂っています。

私はスーツ姿のままだったので、できるだけその現場から離れて通るつもりだったのですが、ゴミの量がすごすぎて、そこがどこなのかまったく見当もつけられない状況です。

こうなったらもう開き直るしかありません。私は四つんばいになり部屋の奥目指して進んでいきました。

ようやくたどり着いた奥の部屋は、ご主人がおっしゃるようにくぼみができており、盆地のようになっていましたが、ゴミが積もっていて足場も悪く、まっすぐに立つと天井に頭がぶつかりそうなほどで、私はその場で三度も転倒して体中ゴミまみれになってしまいました。一度転倒するとゴミがなだれのように崩れてきて、なかなか立ち上がることができないのです。

ようやく足場を確保してまっすぐに立つと、私は、ご主人から渡されたカメラで部屋の中を撮影しました。

ほとんどゴミに埋もれた室内には、タンスの頭が見えるくらいで他にどんな家財が埋もれているのかまったくわかりません。これでは見積もりというより、撮影しにきたようなものです。

ひと通り室内の撮影を終え、再び四つんばいになって玄関のほうに向かいながら、私はふと自分が何をしているのかわからなくなってしまいそうになりました。

（まるでウジ虫になった気分や、俺はいったいこんなとこで何してるんやろ……？）

心の中でそんなことをつぶやきながら、ようやく玄関の外にまではい出すことができました。

依頼主である奥さんが、心配そうに私の背中についたゴミをはたきながら「どうでしたか？」とおっしゃるので「いやぁ、見てのとおりです」と答えると、「すみませんね」と申し訳なさそうに頭を下げてくださいました。

「大丈夫ですよ、慣れてますから。ところで、亡くなったいとこさんは誰に発見されたのですか？」

「職場の社長さんなんです。仕事に出てこないんで様子を見に来てくださったんです。それで、そこの窓がちょっと開いてたんでのぞいてみたら……」

「ええ」

「ゴミの中から足が一本飛び出してたんだそうです」

「足だけが、ですか？」

「そうなんですよ。足一本残して体は頭から完全にゴミに埋もれてたんですって。それで従業員の若い方を呼んで窓から入って助けようと足をつかんでくれたそうなんですけど、そのときはもう冷たくなっていて……」

「それから警察を呼んだんですか？」

「そうなんです。だから遺体は警察の方がゴミの中から引っ張りだしてくださったって聞いています」

「なるほど、私も思わずゴミのなだれに埋もれそうになりましたからね……」

「いとこは少し肩が悪かったんです。たぶんお酒を飲んで酔っ払って前向きに倒れて、身動きが取れないでもがいているうちに、ゴミに飲み込まれて埋まってしまったんだと思うんです。まあ、幸い発見が早かったんで体のほうはきれいだったんですけど、顔は窒息したようで相当膨らんでたみたいです」

「酒に飲まれて、ゴミにも飲まれたということですね。発見がもう三日でも遅れてたらもっと大変なことになっていましたね」

「そう思うとまだよかったんですけど、一歩間違えたらお酒もゴミも凶器になるんですね」

「まったくです」

私は、さきほどお預かりした撮影済みのカメラをご主人に手渡すと、見積もりについてのお話を切り出しました。

「それでお見積金額なんですが……」

「どれほどかかりますか？」

「どれくらいかかると思われますか？　いや、はっきり言って見えないところが多すぎますので、なにが何点あるかまったくわかりませんので経験上の金額にはなりますが」

「三十万ぐらいですか？　いや四十万ぐらいか……」

「いやあ、そんなもんじゃありませんよ」

「百万ぐらいですか？」

「そうですね。いくら少なく見てもそれくらいはかかりそうですね」

「私たちにはそんなお金は……」

「そうですよね。でも、いくらお安くしたとしても半額にはなりませんよ」

「やっぱりそうですか……」

ご主人は、かなりの費用がかかることを覚悟はされているようでしたが、それでも少し顔が青ざめているのがわかりました。問題はここからでした。

「実はですね、故人には身寄りがまったくなくて、私たちは仕方なしにお手伝いしているという状況なんですよ」

「いとこさんなんじゃないですか？」

「いとこなんですが、いとこには相続権がまったくないそうなんです。もし相続権があれば三百万の定期預金が残ってましたんで、それでお支払いできるんですが、私たちにはその遺産を使って整理することができないんです」

言われて思い出しました。確かに、いとこに法定相続人としての権利がないことは聞いて知っていました。このまま法定相続人が見つからないということが確定すると定期預金はすべて国庫に帰属する。つまり国に取られてしまうのです。

「本当に相続人はいらっしゃらないのですか？」

「そうなんです。前にお願いしたのは今回亡くなったいとこの弟の遺品整理だったんですよ。そのときも遺族としては今回亡くなったいとこしかいなくて、お金もないと言うもんだから私たちがお支払いしたんです」

「まあ、それでもあのときはこんなひどい部屋ではなかったもんですから、費用も安くしてくださったし、なんとかなったんですけど……さすがに今回はねえ」

このご夫婦は、保証人でもなく法定相続人でもないのですから遺品整理をする義務はありません。しかし大家さんから見れば「親族でしょ」ということになってしまうわけです。

さらに初めにも書いたように、ご夫婦の自宅も同じ町内なのでアパートの大家さんともともと面識があって、まったく知らない仲ではないので「ごめんなさい、私たちは知りません」と言えるような状況ではないのです。とは言え、だからと言って定期預金を国に取られ、支払い義務のない人が大金を支払わなければならないというのも酷な話です。

私も、仕事とはいえそんな人たちからお金をいただいて仕事をしたくはありません。かと言って大家さんが全額払うと言い出すとは思えないし……と、話は堂々めぐりになってしまいます。でも本当に困りますよね。

私は知り合いの司法書士の先生と電話で相談してみることにしました。そこでなされた提案がこういうものでした。

まずご夫婦に、司法書士か弁護士を通じて家庭裁判所に相続財産管理人の選任手続きを申し立てます。そうすると家庭裁判所から選任された弁護士等が相続人が本当にいないかどうかを調査します（期間は半年以上、長ければ一年間近くかかるそうですが）。

次に、相続人がいないことが確定した場合、今回のいとこの方が「特別縁故者」として相続財産管理人と家庭裁判所に対して相続の請求を立てることができます。

それによって家庭裁判所は、その者に対して相続財産の全部または一部を与えることができるようになり、今回のご夫婦に相続される可能性があるということでした。

ただしその間は銀行からお金を出すことはできないので、葬儀費用や遺品整理費用、納骨費用などその他の諸費用は自分たちが立て替えておかなければなりません。

今回の場合、手続きを取るとしても大家さんとご夫婦のお話し合いで解決するしかないのです、そのまま放置しておくわけにはいきませんからね。

故人が亡くなっているところを発見してくれた社長さんが言っていたそうです。

「大家さんは、毎月玄関先まで家賃の集金に来ていたそうじゃないですか？　それなのになぜこの部屋の状況を放っておいたんでしょうかね？　少しは気づいていたと思いますよ。逆にそれを放置していた大家さんにだって責任あるんだから、払ってもらったらいいんじゃないですか」と……。

確かにその言葉にも一理ありそうな気はしますが、誰がそんなことを言うんですかという話ですよね。みなさんも「酒とゴミには飲まれないように」注意してください。

第32話　よくある修羅場
故人の保証人が存在しない場合、金銭的な負担は誰に？

ベテラン社員Ｓ君から、私の携帯電話に電話が入りました。

現場でトラブルが起きていて、そのままでは見積もりができそうにないのでいったん会社に戻ろうかと思っているという話でした。

「なんでや？　ご遺族はおられるんやろ」

「そうなんですが、いま部屋の外に出てるんですよ。このまま中にいたらとばっちりを受けそうで……」

「えっ？　意味がわからんけど？」

「そこには、いま誰が来てはるんや？」

「故人の叔母さんとアパートの大家さんがおられます」

「それで？」

「二人が喧嘩をしだしたんです」

それでだいたいの察しがつきました。

「はぁ～なるほど、叔母さんは保証人じゃないってことか」

「そうです。はじめのうちは家財の整理の費用はお持ちになると言っておられたんですけど、大家さんが来てから話が変わってしまって……。一銭もお金を出す気はないと言いだしちゃって……」

「保証人は誰やねん？」

「故人のお父さんらしいんですけど、十年前に亡くなったということで」

「よくあるパターンやな。家賃の滞納もあるんやろ」

「ええ。どうも一年近く滞納してたみたいです。それを大家さんが請求するという話になって、叔母さんもそこまで支払えと言うなら一切を放棄してなにもしないと言いだしたんです」

「ほかに人はいないのか？」

「さっきまでは、ご近所の方かどうかわかりませんが、男の人がひとりいらっしゃったんですけど、喧嘩が始まったらどっかに行ってしまいました……。どうしたらいいですかね」

「どうしようもないよなあ。下手なことは口出しできないし……とは言え、黙って帰るわけにはいかないだろう？」

「そうなんです、どうしましょう？」

「とにかく話の中に入って、『申し訳ありませんが次の見積もりに間に合わないので話がまとまったらお電話ください、それからまたおうかがいします』と言っていったん帰社しなさい。それぐらいは、話できるだろう？」

「はい、ちょっと言ってみます」

それからS君がその場から離れるまで二十分ほどかかったそうです。

この現場は、自死現場でしたが遺体の発見も早く死臭がほとんど感じられない程度だったのでまだよかったのですが……。

もし、これがもっとひどい状況だったらと考えるとぞっとしますね。

誠意を持って部屋の片づけだけでもするつもりだったのに、保証人でもないのに家賃の滞納分まで払えというのは解せない。保証人が亡くなったときに、保証人変更の手続きをしていないほうが悪いのではないか、というのが叔母さんという方の言い分であり、一方の大家さんの言い分は、保証人でなくても遺族なのだから身内の最期の責任を取るべきだ。保証人はすでに亡くなっているのだから代わりの親族が保証人として責任を取るべきだというものです。

双方の言い分ももっともなのですが、保証人が亡くなっても賃貸契約が自動的に更新されて、実質的には保証人が存在しないケースは珍しくありません（それに関して法的な決まりというのはないようです）。

最終的には、お互いが歩み寄って解決しないとどうしようもないことなのですが、故人はこんな修羅場をどんな気持ちで見ているのでしょうか？

ちなみにその後、再見積もりのお電話はありませんでした。

第33話　孤立死の現場から母子手帳が……
故人となった飼い主の足下には
一匹の子犬が倒れていました

葬儀社さんの担当者が口にした「死後一ヵ月」という言葉に、私は少し気が重くなりました。三月下旬とはいえ、一ヵ月もたつと相当ひどい状況になっていることが予想されるからです。そんな私の思惑を察してか担当者が言いました。

「そんなひどい状況じゃなかったですよ。エアコンがつけっぱなしだったんで」

冬の時期にエアコンをかけるといえば、普通は暖房です。

「エアコンですか？」と聞き返した私に、彼も不思議そうに「ええ」と相づちを打って言いました。

「なんでだかわかんないんですけど、冷房になってたんです」

「ああ、そうなんですか」

「だから腐乱もそんなに進んでなくて……だから逆に発見が遅れたんです」

「そうですか、では、取り急ぎ現地にうかがってみます」

電話を切ろうとしたそのとき、「あっ、それと」という声が聞こえ私はあわてて携帯電話を持ち直しました。

「はい？」

「犬が一匹死んでるんですよ。その点もよろしくお願いします」

「犬も死んでたんですか？」

「そうなんですよ。でも、うちでは人間のご葬儀しかやってないんで、ひとつよろしくお願いします」

「了解しました」と返事をして電話を切ってから、私はその犬がどんな犬なのか聞かなかったことに気づきました。

「犬か……」

現場は、歌謡曲やロックの歌詞によくその名前が出てくる港町の比較的きれいなマンションでした。死後一カ月たつまで周囲が気づかないということは、世間とは隔絶したいわゆる引きこもり系の人だと思っていたのですが、そこで亡くなられたのは、独身の若き企業経営者でした。話によると、そのマンションは従業員や親にも知らせていない自分だけの隠れ家として借りていたようなのです。

通常、死後一カ月ともなると、たとえ冬場であっても、強烈な死臭が室内に立ちこめ大量のウジ虫が発生しているものなのですが、冷房のおかげでその姿を見かけることはありませんでした。とはいえ、さすがに死臭は強烈で、ご遺体が発見されたのも真上の階の住人からの苦情があったからでした。

自殺ならともかく、故人は病死だったそうで、どうしてこの時期に冷房をかけていたのか不思議です。

犬のことは詳しくないのでよくわかりませんがプードルの子犬のようでした。主人が亡くなってもしばらく生きていたのでしょう。主人の足下のあたりに倒れていたその犬は、すっかりやせ細ってはいましたが、白いむく毛が飲屋街の屋台で売っている安物のヌイグルミのようでした。

〝かわいそうに……〟

犬の死骸に手を合わせたとき、その横に落ちていた小さなリモコンの灰色が目に飛び込んできました。

〝もしかしたら、この犬がエサを探して部屋中を歩き回ってるうちに、なんかの拍子

にエアコンのスイッチを踏んで冷房がかかってしまったとか……〃

つい、そんなことを考えていた私は、すぐに我に返って自分に言い聞かせました。

〝いまはそんなこと考えてる場合ちゃうやろ。早く見積もりを出して差し上げて、処置にかからないと……〃

急いで見積もりと消臭作業を行い、翌日作業に入るということで故人のお母さまの了承をいただき、部屋を引き上げようとしたときでした。

ふと、お母さまが私に小さな赤い手帳のようなものを見せてこうおっしゃったのです。

「昨日、部屋の中で貴重品を探していたらこんなものが出てきたんです」

「なんですか？」

「母子手帳なんです」

「えっ、息子さんは独身じゃなかったんですか？」

「ええ。わたしもそう思ってたので」

「息子さんが亡くなっても、お孫さんがいることがわかれば、ってことですよね」

「そうなんですが……」

「で、どうされたのですか？」

「それがね」と言うと、お母さまがその母子手帳を私のほうに差し出したのです。

「…………？」

私はその手帳の表紙を見て思わず、「あっ」と声を上げそうになってしまいました。

そこには〝ワンちゃんの母子手帳〟と印刷されていたのです。

「だから、余計にショックで」

「そうでしょうねえ……」肩を落とすお母さまに、私はなんと声をかけていいかしばらくわかりませんでした。

「しかしそれだけ息子さんはこの子犬を可愛がっていらっしゃったということですよね」

「そうなんです。でも私はこの犬をどうしたらいいかわからなくて……」

あてなどありませんでしたが、私は反射的に「わかりました」と言っていました。

「私がなんとかさせていただきますのでお任せください」

「よろしくお願いします」

帰り道、ハンドルを握りながら私はあの白い子犬のことを考えていました。

〝かわいそうになあ……。何日も飲まず食わずで苦しかったやろうなあ。でも、どうしたらええんやろ〟

「なんとかする」とは言ったものの、自分ではどうすることもできません。私たちは、家財道具や電気製品を整理することにかけてはプロですが、亡くなった動物を同じ扱いにはできません。

しばらく考えているうちに以前、知り合ったAさんというペット専門の葬儀社を営んでいる人のことが頭に浮かびました。Aさんの会社は現場からかなり離れているのですが、心当たりはそこしかありません。ダメ元で電話をかけてみることにしました。

事情を説明し、現地まで迎えに来て火葬をしてもらうといくらぐらいかかるのかという私の問いに返ってきたのは、驚くほど安い値段でした。

「そうですね、火葬と埋葬合わせて一万六千八百円。車代として別に五千円だけいただければ……」

たったの二万一千八百円で五十キロも離れた現場に引き取りに来てくれたうえに、火葬も埋葬もしてくれるのでしたら、故人も絶対に喜んでくれるはずだと判断し、私はその場でお願いすることにしました。

私はそのことをすぐに、依頼主であるお母さまに連絡しました。お母さまはとても喜んでくださいました。

そして作業当日――。

子犬を引き取りに来てくださったのは、とても優しそうな女性で小さな籐《とう》のかごを携えて来られました。

生まれたばかりの赤ちゃんが寝るようなベッドに可愛い布団を敷いて、そこにあの白い子犬を寝かせ、その上に布団をかけて連れていってくださいました。

「本日中に火葬をさせていただき、それから埋葬いたしますのでご安心ください」

「ありがとうございます、よろしくお願いします」

当社のスタッフもその場の作業を中止して、みんなで子犬を見送りました。

自己満足かもしれませんが、私はいつもとはまた違う大きな仕事をやり遂げたような満足感を覚えました。

きっと故人となった飼い主の方も喜んでくださったと思います。

あの母子手帳に書かれていた「ハッピー」という名前に、故人はどんな思いをこめていたのでしょうか。

第34話　高級マンションの孤独
私は同情して、なんだかその場を離れづらくなってしまいました

「事前の見積もりを……お願いしたいと思いまして」

電話の声を聞いて、私は思わず首をかしげていました。その男性の声が、いまにも倒れてしまいそうという感じの弱々しい声だったからです。近ごろ増えている事前見積もりを希望する方のほとんどが、まだそんなことを心配するのは早いのではないかと思うくらいに元気なので、その力ない声の様子が気になったのです。

住所を聞くと東京でも有数の高級住宅地に建つマンションだったのですが、たまたま私が呼ばれていたラジオ局に近かったということもあり、ラジオ出演のついでと言ってはなんですが、その日に合わせてそのお宅にうかがうことにしました。

そして当日、ラジオの出番が終わった私は見積もりに向かいました。そのマンションは、築年数はそれなりにたっているようでしたが、メンテナンスが行き届いており、

高級住宅地にふさわしい立派な建物でした。

〝こんなところに住める人は、そうとうなお金持ちなんだろうなあ〟

そんなことを考えながら、私は依頼者のお宅にうかがいました。

はじめましてと挨拶をした私の顔をのぞき込むようにしながら、小柄なご老人が「ラジオ聴きました」と言うと「どうぞ」と私にスリッパを勧めてくださいました。

正直言って、私はその出されたスリッパを履く気になれませんでした。なぜなら、その部屋が十年以上は掃除をしていないといわれても不思議ではないくらい汚れて、ホコリだらけだったからです。

ご老人について廊下を通り、部屋に入ってまたびっくりです。家具らしい家具などまったくなく、段ボールの箱が部屋のあちこちに積み重ねて置いてあるだけなのです。

本当にここに住んでいるのだろうかと気になり、部屋の中をもう少し観察すると、部屋の隅にレトルトパック入りのインスタント食品の空箱が無造作に捨て置かれていたので、ここで生活していることは間違いなさそうでした。

あまりにも生活感のない汚れた部屋を見て、私は少なからず不安になりました。言葉にしがたい不気味な空気が部屋の中に漂っているような気がしたからです。

あらためて挨拶をしてから、私は話を切り出しました。

「今回は、事前のお見積もりをということなんですが、ご兄弟やお子さま、もしくは相続人となるご親戚はどなたになるんでしょうか？」

しばらくの間、じっと考え込む様子だった依頼主がようやく口を開きました。

「兄弟がおりますけど、彼らには相続させたくないんです……と言うより、死んだことも知らせたくないんです」

「そうおっしゃっても、もしなにかあった場合は、ご兄弟には相続権がありますし、万が一お部屋で亡くなって発見が遅れたりしたら、警察がご兄弟を探しだして連絡を取ることになりますので、第三者が勝手にその後の手続きはできないようになってるんですよ」

「それはわかってます」と言うと、依頼主はコップに注いだ水をぐいっと飲み干して言葉を続けました。

「いま弁護士に依頼して成年後見人になってくれるよう友だちに頼んでるんです。それと遺言書にも兄弟には一切相続させないように書いていますから」

「そうですか。そうお考えならそれでもいいんでしょうけど……。どなたが後見人になってくださる予定なんですか？」

　私の質問に、依頼主は「ちょっと失礼」と言って部屋を出ていくとドアを閉めました。

　なにかな、と思っているとそれに答えるように、廊下のほうから「ブーッ」というオナラのような音が聞こえてきました。

「友だちです」と部屋に戻ってきた依頼主が答えました。

「その方は了承されてらっしゃるんですか？」

　依頼主がコップの水を再び飲み干すと「ええ」とうなずきました。

「いま、頼んでいる最中です……」

「そうですか。弁護士さんと相談されているんでしたら問題ないとは思いますが」

　そう言うと私は、いくらここで契約しても私どもの会社に連絡がない限り、こちらから勝手に来て片づけることはできないので、弁護士さんにもちゃんとその旨を伝えておいてくださいといったようなお話をさせていただきました。

　そうやってひと通りの説明をしたあと、見積金額を提示させていただいたのですが、その二十分ほどの間にも依頼主は水をコップに六杯飲まれ、さきほど書いたように

「ちょっと失礼」と言っては廊下に行って何回もオナラをされるのです。それだけならいいのですが、ときどき間に合わないのか、私のすぐ目の前で何度もしてしまい、そのつど小さな声で「すみません」と謝られるのです。

死臭には慣れていても他人のオナラには慣れていないので、最初のうちは息を止めていたのですが、見た目もずいぶんお疲れのようですし、声にも力がないところからなにか重い病気にかかってらっしゃるのだろうかと、そっちのほうが心配になってきました。

「失礼ですけど、ご主人お年はおいくつなんですか？」

「六十一です……」

「えっ！　まだお若いじゃないですか！」内心もっとおじいさんだと思っていた私はびっくりしてしまいました。

「じゃあまだまだ遺品整理というのは早すぎますよね」

「……いや……糖尿病を……患っていて……」

話をしていても、どんどんつらそうな表情に変わっていきます。

「大丈夫ですか？」

「カロリーの……低いものを少ししか食べられないので……」

「水を飲んで空腹感をまぎらわそうとしてるんですが……オナラが止まらないんです……」

「そうだったんですか」

私は依頼主のオナラに正直うんざりしかけていたのですが、そう感じてしまったことを申し訳なく思い、その場で頭を下げました。

「そうだったんですか。私は糖尿病の知識がないもので気がつかず申し訳ありませんでした。そのことはぜんぜん気にしないでくださいね。それより、そんなにお話ししたら疲れるでしょう……」

依頼主は、「はい」と返事をするのも大変そうな様子です。

私はつい同情して、なんだかその場を離れづらくなってしまいました。依頼主の方も寂しそうにしてらっしゃるので、横になって休憩していただきながら依頼主の身の上話をうかがうことにしました。

「私はねえ、戦争が終わったばっかりの食うや食わずのときに生まれて……」

この方は、それまで一度も結婚したことがなく独身のままこの地域で暮らしておれたのですが、二十五年ほど前にこのマンションを購入され、十五年前までは会社勤めもされていたのですが、ちょうど会社を辞める頃にご両親が相次いで亡くなられ、そのときの相続争いが元でそれ以後兄弟とは一切音信不通になり、その数年後から病気を患うようになって、それ以来ずっと自宅に閉じこもっての生活を送るようになったとのことでした。そのような生活ぶりですので友人、知人もおらず、唯一の知り合いが後見人をお願いしている方なんだそうです。

〝血は水よりも濃し〟のはずの、兄弟が同じ都内に住んでいても連絡を取る気は一切ないと言います。

生きていく糧となるような毎日の楽しみもなく、なにかしようと思っても少し動くだけで疲れてなにもできず、せめて食事を楽しみにと思っても一日千キロカロリーちょっとしか食べることができない……。

それでも、自分の死後の遺品整理は気になるんですね。

この方のように親が亡くなる前まではつき合いがあった兄弟が、親の死を境に一切のつき合いや連絡を絶ってしまうというケースを私もこれまでたくさん見てきました。悲しいことですが、みなさんそれぞれの事情を抱えているのです。

けっきょく一時間ほどお話をお聞きして私は辞去したのですが、最後に私がした「いまなにが一番したいですか」という問いに、「美味しい物をもう少したくさん食べられたらうれしい」とおっしゃられたのが印象的でした。

かつて、私が日本料理の板前をしていた頃にもそういったお客様がいらっしゃいました。食はやはり人間の基本ですから、さぞおつらいだろうと思います。やはり、健康は大事だなあといまさらながらに思ってしまったのでした。

[コラム❻]よく生きて、よく死ぬということ

事前の遺品整理のご相談でお会いしたその男性は、独身のまま長く会社に貢献してきた方でした。しかし、あるときから体調を崩して職を辞し、寝たきりに近い状態になってしまったとたん、多くの友人や知人がその方の元から離れていってしまったそうです。

人が自分のところに集まってくれるのは自分という人間を慕ってのことだと思っていたが、結局彼らが見ていたのは自分の後ろにあった○○社という看板であり、常務という肩書きで、それらを失ったとたん人が離れていくということは、実は自分は何物でもなかったことに他ならない……。

そのお話をされているときは、ほんとうに悲しそうな表情に見えました。

思うように体が動かなくなっても、いまでは、なんとか前向きに考えようと努力して少しずつ現実と向き合いながら生きていけるようになったそうですが、昔の華やか

なりし頃の自分といまの自分を比べてしまったり、離れていってしまった友のことを考えると、その気持ちが崩れそうになるのだそうです。

いま、この方は孤立死を覚悟されています。孤立死を避けるには、それだけ多くの人に迷惑をかけなくてはならないから、というのがその理由です。人に裏切られたり、親友だと思っていた人間に去っていかれたりといったつらい経験が、その男性に、もう誰にも頼ってはいけないという意識を植え付けたのかもしれません。

年齢的には介護保険適用外でしたが、要支援であることを認められ週に三日はヘルパーさんがお世話に来てくれるようになったそうです。それだけで、もし孤立死しても「死後何日もたって」という事態は避けられるので、心安らかに過ごせるのではないかと思います。

私たちは単純に孤立死を減らそうとしているのではなく、その際にどれだけ早くそのことに気づいてもらえるかが重要なのだと訴え続けているのです。

そのためには広くて浅い人間関係よりも、人数は少なくても身近で深い人間関係を築くことが大切なのです。人生の締めくくりというものは、死んだと同時に終わるのではなく、荼毘に付されるまで続いている――。そのように考えていまをよく生きていれば、人に迷惑をかけることなく「よく死ぬ」ことができるのではないでしょうか。

特別対談

上野正彦
［法医学評論家］
×
吉田太一

上野正彦（うえの・まさひこ）
1929年生まれ。東邦医科大学卒業後、日本大学医学部法医学教室を経て、1959年に東京都監察医務院に入り監察医となる。1989年に同院長、定年を待たずに退官。退官後に執筆した初の著書『死体は語る』（時事通信社）が大ベストセラーとなり、以後法医学評論家として、執筆以外にもテレビ、雑誌などで多彩に活動している。著書に『法医学で何がわかるか』（青春新書）などがある。

遺体の解剖と遺品整理は一種の考古学

吉田　先生はもの言わぬご遺体からも、いろんなことがわかるとお書きになられていますが、先生の本を読んでいて、自分もけっこう無意識のうちに遺品からいろんな情報を得ているというか、想像をしていることにあらためて気づかされました。

上野　相手にするのが人間そのものなのか、人間が残していったものなのかの違いで、パターンは同じですよね。考古学みたいに、目の前に残されたもの、たとえばそれが一片の土器であればそこからいろんなことを考証していくわけだから。私は遺体からその人が生きていたときの状況や周辺のものを推理していく。あなたは遺品から推理していく。パターンとしては、考古学と似たような感じでしょうね。

吉田　なるほど。遺跡を発掘しながら手がかりを見つけていってるようなもんなんでしょうね。そこまで意識はしていなかったけど、この人はどういう仕事でどういう立場で、どういう友だちをもってどういう趣味でということがかなり想像つきますよね。

上野　遺品というのは人生を集約したものでしょう。最後に残ったものですからね。だからそういう意味ではその人の歴史が埋まってるわけですよね。

吉田　そう言われてみると自分の仕事に対する見方が変わってきますね。そこまで意識したことがなかったもので。

上野　よく男の顔は履歴書だって言うじゃないですか。ある程度の年を取るとその人の生き方が顔に出る。それと同じように、遺品を見れば人物がわかってくるんじゃないですか。

吉田　たとえば会社が倒産して夜逃げしたような社長さんの家に行くと、荒れているというんでしょうか、こんな生活してたらそりゃ会社もつぶれるよなあと、思わされる人がすごく多いですね。

上野　私が見てすごいなと思うのはアルコール依存症の最後ですよ。なんにもないんですから。伽藍堂《がらんどう》ですよ。着の身着のままで、売れるものは全部お金に換えて飲んじゃってるんですね。寝るための布団すらないんですよ。すさまじいですね。それで最後に何もなくなって首吊るんですよね。アルコール依存症の末期。そういうのたくさん見てきましたね。

吉田　布団のないベッドとテレビと小さな衣装ケースだけという部屋は見たことがあります。やはり孤立死だったんですが、亡くなった方の娘さんに言われて書類を探したんですけど、そもそも書類を置いておくような場所がないんですよ。普通、人間が暮らしていく上で最低限必要な書類ってありますよね。でも、まったくないんです。自分が自分であるという、人間としての証明になるようなものすらないんですね。

上野　無一物で生まれてきた状態のまま死ぬという感じでしょうね。

昭和の「死」、平成の「死」

吉田　アルコール依存症になった末に孤立死というのは昔からけっこうあったと思うんですが、人間の死に様に時代が反映していると感じられることはありますか？　たとえば私なんかは最近、練炭の集団自殺によく出くわすんですよ。練炭の集団自殺はけっこうあります。

上野　私が勤めていた昭和の時代と平成に入ってからではまるで様子が違ってますよね。電車の中で足踏んだ踏まないでケンカになった挙句、人殺しちゃうんだから。なんでまたそんなに凶悪な犯行に至ったのかと言うと、「ムカついたから」とか「キレたから」だと。昔はそんなに短絡的な動機では人を殺さなかったですよ。いまは単純なんですよ。

吉田　よく言われることですが、やはりゲームとかの影響があるのかもしれないですね。簡単に殺して、簡単に生き返らせるといったような。

上野　「一度人を殺してみたかった」とか平気で言う人間がいますからね。警官に「人を殺したらなぜいけないんでしょうか」って聞いたやつがいますからね。もうめちゃくちゃ。韓国の法医学やってる友人に、韓国はどうかと聞いたら、「動機なき殺人事件とか、カッとなって人殺すというのはあんまりないですよ」と言ってましたね。だから、いまおっしゃってた老人の孤立死なんていうのもあまりないんですよ。昔の日本と同じ、親や年寄りを大切にという儒教の精神が浸透してますから。僕らもそうやって育ったんだけど、戦後、そういう教育がなされていない。年取れば体力が落ち、収入は減る。年寄りはいわゆる「厄介モノ」なわけですよ。だけど韓国では若い人間が豊かに暮らしていられるのは大先輩たちが若いときに流した汗のおかげなんだから決してコケにすることはならんぞと教えている。だが、日本ではそういうことを教えていないから、いま、何もしないでぶらぶらしている老人を厄介モノと見る人間が多くなっているわけですよ。

吉田　老人介護の問題はどうなんでしょうか？

上野　そんなにまだ深刻じゃないでしょうね。社会的な介護制度も、二、三年前まではやってなかったですよ。必要なかったんですね。自分の家族は自分で守るという考えがあったから。

――親や年寄りを大切にする精神といえば中国もそうですが、最近ではずいぶんと変わってきているみたいですね。田舎に年老いた親を置いたまま子供が都会に出て、そのまま孤立死させてしまうというようなことも起こっているみたいです。

吉田　だからいま向こうは老人ホームの需要がものすごい勢いで増えているんですよ。いまの日本で言うと、五十から六十歳にかけてくらいの人が多いんですよ、孤立死が。要するに団塊の世代なんですね。この世代の人というのは一般的に生活が安定しているイメージがありますよね。住んでるところも持ち家で、家族がいてそれなりの教育を受けそれなりの立場にいて、そこそこの退職金をもらってという感じで。ところが決して全員が全員そうだというわけじゃないんですね。日の当たっていないところにもいっぱいいるんですね。そういう人が自分だけが脱落したというイメージをもっていて、まあ、投げやりになるというか、もうどうでもよくなってしまって、最後には孤立死して誰にも気づかれないというパターンが多いんですね。

上野　私も死後何日で発見されたという死体をずいぶん見てきたから記憶に残っている孤立死もいっぱいありますよ。

吉田　孤立死というのは変死に分類されるわけですよね。当然、先生のような人のところに連絡が行くわけですが、実際問題として事件性のあるのはどれくらいなんですか。私は幸いにしてあまり大きな事件にはかかわったことがないんですが。

上野　まず六〇パーセントは病死で、残された四〇パーセントの中に自殺、事故死、そして他殺があるんですけど、事件性のあるのはそうたくさんあるものじゃないですよね。

吉田　解剖所見で死因に「心臓麻痺《まひ》」と書くのはいい加減な医者だと書かれていましたね。去年はずいぶん熱中症で亡くなった人が多かったようですが、あれもずいぶん大まかな死因じゃないかと思うんですよ。上野先生のような監察医がいる大都市ならまだしも、地方で亡くなっている人の中にはほんとうはそうじゃないのに「熱中症」のひと言で済まされている人は多いんじゃないでしょうか。

上野　ひと言で言うと、死んだ人はみんな心臓が麻痺していくんですよね。「多臓器不全」というのもずるい。ダメですよ。みんな多臓器不全で死ぬんだから。心臓がダメになれば肝臓も腎臓も機能が低下して死んでいくじゃないですか。だから死ぬときはみんな多臓器不全なんですよ。医者が調べなきゃならないのは、その多臓器不全が何によって起きたかということでしょ。それが死因なんですから。

死臭発生のしくみ

吉田　先生に会ったらぜひお聞きしたいと思っていたことがあるんですよ。

上野　なんでしょう。

吉田　臭いのことなんです。死臭は基本的にタンパク質が腐敗した臭いですよね。血管の中の血液が腐って発生するガスも同じですか。

上野　同じですよね。

吉田　亡くなるとまず血管から腐敗が始まってガスでパンパンになるって聞くんですけど、どうなんでしょうか。

上野　最初は消化器系から腐るんです。人間が死ぬと、消化器系は自分自身を消化しちゃうんですよ。生きてるときは食べ物だけを消化するように酵素が働いているんだけど、死ぬとその酵素が出てきませんから、胃袋が自分自身を消化しちゃうんです。だから腐敗がいちばん早い。魚を釣ったらまず魚のはらわたを抜くのもそういう理屈なんですよ。

吉田　実は私の知り合いの叔母さんという人が、孤立死してるところを発見されて警察から電話がかかってきたんですよ。風呂場の前でつまずいて頭を打ったらしいんですが、座ったままの形で一週間たってたんですけど、臭いもなくてきれいな状態で肌の色もよかった。それで布団に寝かして五、六時間たったら、急にブワッと死臭が出てきたんです。それまではぜんぜんなかったんですよ。素人考えだと、みんなが部屋に入ってきて室温が上がったことで臭いが出たのか、それとも血管とかにたまっていたガスが遺体を動かしたことで漏れ出したのかとか考えたんですが。

上野　動かしたとたんに死臭が出るということはよくありますよ。密閉されていたものが栓がすっ飛んで一気に外に出るという感じですね。

吉田　いま、オゾンを使って死臭を除去する方法をとってるんですけど、窓を開けて扇風機でずっと臭いを外に出していれば一週間もすれば臭いというのは取れるんですけど、そんなことしたら近所からえらいクレームが出るのでできないでしょ。だから機械でオゾンを発生させて臭気をつぶして空気中の臭いの粒子をいったん無の状態にして、また壁から死臭が出てきたらオゾンでつぶすということを一日二十回繰り返す。これを二週間やって、やっと臭いが取れるんですね。でも、この二週間ってけっこう長いんですよ。これが一週間でできればもっと喜んでもらえると思うんですけど、先生なんかいいアイデアないですか。

上野　いやあ、考えたことないなあ。そもそも臭いと言っても、亡くなったのが身近な人か赤の他人かでも感じ方は違うんですよね。身近な人だと死体にすがりつくけど、知らない人だと身を引くんだよね。

吉田　なるほど。

「死体を解剖する」ということの意味

上野　死体に対する態度は国によっても違うので面白いですよ。たとえば、日本だと「解剖するよ」と言うと「おまえが解剖すれば生き返るのか」とかね、えげつなく解剖を拒否するんですよ。韓国は「死んでる人間をまた殺すのか」って言うんですね。概念が違うんですよ。韓国は火葬がない国ですからね。焼いたら魂まで消えちゃうというイメージがあるんです。ところがアメリカ人はどうかというと、「前から心臓が悪かったから心筋梗塞《こうそく》であろうと診断がつくから解剖しないよ」と言うとね、「なんでおまえは解剖もしないで死因がわかるのか」となるわけです。国によって違うんですね。

吉田　日本では法律の上では司法解剖が強制的にできるようになってるらしいですが、実情は違いますよね。

上野　そこまで行政官は強引にはやらないですよ。納得ずくでやる。最後まで反対する遺族もいるんだけど、そういうときは逆に「じゃあ、あなた私が解剖したら気まずいことが生ずるんですか」って聞くんですよ。そうするとびっくりして「私を疑うんですか。じゃあ、やってください」となるわけですよ。

吉田　しかし、考えてみたら監察医制度というのも大都市にしかないというのは変ですよね。

上野　大都市といっても名古屋なんかは監察医制度はあるけれど、年間五十件くらいしかやってないわけですよ。だから、田舎で死ぬと損なんですよ。東京だったらまともに見てもらえるけど田舎ではだめ。解剖されたくなければ田舎で死んだほうがいい。でも、逆に保険金目当てかなんかで殺されても自殺と決められて火葬されてしまう可能性がある。

吉田　先生はそのことをずっと言い続けてきていますが、何も変わらないのはおかしいですよね。

上野　それはつまり人権が守られてないということなんですよ。だから秋田の彩香ちゃん事件だって最初は事故で溺《おぼ》れたということで葬ったじゃないですか。で、しばらくしておかしいっていうんで殺人事件に切り替わった。解剖したドクターも悪い。「溺れてるけど何キロ流れてきたんですか」って聞かなきゃ。で、七キロ上流から流れてきたんですって言われたら「七キロ流れてきて靴履いたまま、着衣も脱げないで傷もないのはおかしい」って言わなきゃ。でも言えないんですね。経験がないから。法医学者もトレーニングされてなければ監察医制度を作ったって意味がないんですよ。

吉田　これは素人考えですけど、生きている人を相手にするお医者さんと、亡くなっている人を見るお医者さんと入り口を別にしたほうがいいんじゃないでしょうか。早い話が亡くなっている人を相手にしているほうは間違っても相手はこれ以上死ぬことはないんだから、やりたい人がやれるようにもう少し門を広くするとか……。

上野　ほんとうにそうだと思いますよ。そういえば、こないだ一軒の家から五人の死体が出てきたという事件があったけれど、三体が腐っていて、二体が白骨だったんですね。おかしいじゃないかと、地元の法医学の先生に聞いてもわからないというので僕のところに聞きに来た。なんで同じ屋根の下にいて違うんですかと。簡単なことなんですよ。夏に死んだ人は腐って、冬死んだ人は腐る前に干からびるんですよ。死期が違うんですね。「これは推定の範囲を出ないけど、宗教的に死を認めない人たちが集団で死んだ可能性が高いですよ」と言ったら当たってたね。

――監察医の先生というのは、そういう遺体が解剖室に運ばれてくるのを待っているんですか。それともその現場に出かけていくんですか。

上野　家なら家に行くんですよ。

吉田　その現場にいちばん長くいなきゃならないのが私たちなんですよ。とにかく時間がかかる。五時間、六時間いて荷物を仕分けして運び出して掃除してって。でも、仕事が終わった後に感謝されるんですよ。先生にこう言ってはなんですけど、ご遺族に感謝されるということはあまりないんじゃないですか。

上野　確かにないですね。

吉田　結果がよかったときは感謝されるでしょうけど。

上野　なんでそんな余計なことしやがってと恨まれることのほうが多いんだ。

吉田　私のところは、ほとんど喜んでくれるんですよ。最初のうちは、従業員も腐ってドロドロになった遺体のあった場所の後片づけなんかやらせたら、みんな辞めるんじゃないかと思ってたんですけど、辞めないんですね。なぜかというと、ものすごく感謝されるからなんですよ。だから若い子が意外と頑張れるんですよ。

上野　報われるんですね、最後の「ありがとう」という言葉で。

吉田　遺族と一緒になって泣きながらやる従業員もいるんですよ。感情移入して。もちろん、不完全燃焼なときもありますけど、喜んでくださることが非常にうれしいんです。

――　遺族が喜ばれるのはわかりますが、遺体のほうはどうなんでしょうか。変な話、苦しみながら死んだ人と楽に死んでいった人では表情も違ったりするんですか。

上野　死ぬとね、みんな穏やかな顔になるんです。死後硬直がとけるとね。でも、疲労は残りますね。たとえば土手で一生懸命草刈りしてるときに亡くなった人の顔は疲れている。

二人の人生観・死生観

――　最後にお二人に質問なんですが、こういう仕事をしていて人生観は変わりまし

たか。私たちは普段、まず死を身近に感じることはないですよね。近親者が死ぬときだってほとんどが病院のベッドの上で死んでいくわけだし。よく言われていることですが、死がバーチャルになっていると思うんです。でも、お二人は常に死を間近に見てきたわけですよね。

上野　僕はよくそういう質問をされるんだけど、私の中では、死というものはナッシングだと思っていますよ。つまり、ナッシングというのは自分が生まれる前の状態になることですね。自分がいないだけで世の中はそのまま存在し続けていく。だからそういう意味で自分はいないんだからナッシングだというふうに思っているわけですよ。しかしね、かつて私が生涯で一度だけ飼った犬が死んでお骨になったときに、「もし、おまえが寂しかったら私のオヤジとお袋があの世にいるから訪ねて行きなさい」って話しかけてるんだよね。あの世へ行けと言ってるわけですよ。つまり「あの世」というものを概念としてもっているんですね。人間の死というのは矛盾なしには表現できないですね。ナッシングだと思いつつもあの世の存在を認めているんだから。

吉田　この仕事を始める前までは、死に対するイメージを勝手にふくらませていたところがあったんですが、これだけ日常的に接するようになると、人間にとって死ぬということはほんとうに当たり前のことなんだなあと思えるようになりましたね。人間だけじゃなくて、人間が作ったものはいつか必ず朽ち果てて壊れていきますよね。そのまま永遠に残るものなんて何ひとつないわけで、そうやって考えていくと、長く生きることよりどう生きるかのほうが大事なことに思えるようになってきましたね。かっこよく言うといまを一生懸命生きるという感じでしょうかね。

――これもよく聞かれるんじゃないかと思うんですが、いわゆるユーレイとかお化けなんていうのはどうなんでしょう。上野先生は人間は死んだらナッシングだとおっしゃってるだけに信じないいんでしょうが。

上野　もしお化けが出てきたら解剖しちゃうよ（笑）。

――先生はこれまでに、それこそ何千、何万という遺体と接してこられたわけですよね。一度も怖いと思ったことはないんですか。

上野　監察医やってて当直やってると夜なんかひとりきりになるけどね、一度も出っくわしたことないね。生きてる人のほうがよっぽど怖いよ。

吉田　うちの会社にも、変死の現場から引き揚げてきた人の形がついた畳とか置いてあるんですけどね、夜中にそこを通ってもなんてことないですよ。臭いなあというだけですよ。僕もよく「怖くないですか」とか「もし出てきたらどうするんですか」って聞かれるんだけど。もし、ひとりで後片づけしてるところにユーレイが出てきて「おまえなにしてんねん」って言われたら、「あんたの後片づけしてるんやろ」と言い返してやりますよ。「勝手に片づけんな」と言うんやったら、「あんたも一緒にやれ」というふうに説教しますよ。「そんな死に方してもうて悪いなあ」とか「ちゃんと病院できれいに死んだらそんな手間かけないで済んだのになあ。ちょっと汚いけど我慢して掃除してくれよ」と言われたら僕も「ああいいよ、頑張るよ」となりますよね。それが普通でしょ。だからぜんぜん怖いとかは思わないですよ。でも、この仕事する前まではなんかこう、霊柩車《れいきゅうしゃ》が前を通りかかったら親指隠すとかね、そういうことを普通にしていたわけですけども(笑)。

上野　わかるような気がしますねえ。

吉田　遺品整理といっても荷物を片づけるだけじゃなくて、家を売るお手伝いをしたり車を廃車にする手続きをしてあげたりとか、死の背景にあるものに区切りをつけてあげるということもするんですよ。それが全部終わったときに遺族の方も初めてほっとできるんですよ。これでいちおうけじめがついて、きちっとしたんで、亡くなった方のことは記憶にとどめながらもとりあえずは落ち着いて自分たちの生活に戻っていける。そういうことをお手伝いする仕事なんですよ。

上野　吉田さんみたいな仕事をする人はこれからますます必要となっていくんでしょうね。

吉田　私も、上野先生のような監察医の先生が増えることを願っています。今日はお忙しいところどうもありがとうございました。

上野　こちらこそ、興味深い話をありがとうございます。

あとがき

孤立死を防ぐためにはどうすればいいのかという質問をよくされます。

その答えは「本人が〝孤立死したくない〞と思うこと」。はぐらかしているわけでも何でもなく、それがいちばん大事なことなのです。

悲惨な状況の孤立死現場を見た遺族の方が口をそろえて言う言葉があります。

それが「他人事ではないと思った」という言葉です。ですから私の知る限り、孤立死（特に変死現場）に接した遺族の方の身内で（本人も含めて）孤立死した人はほとんどいません。それほど変死現場というのは強い衝撃を人に与えるのです。

独居老人の親族や知人が意識して密に連絡を取ってあげることはもちろん大切ですが、やはり当の本人が孤立死を避けたいと思わない限り孤立死は完全にはなくならないと思います。年を取ってからそんなことを言われてもどうしていいかわからないという方も多いでしょう。他者との交流がいったん途絶えた後では、「コミュニケーシヨン」などと言われてもそう簡単にできないのが実情です。

そうすると何をしなければならないのでしょうか？　答えは、必然的に出てきます。ブログや講演、あるいは本の出版などのメディアを通じて情報を発信する場を増やし、高齢者本人やその家族、知人（要するにある年齢に達した全国民です）に孤立死を防ごうという意識を持ってもらえるようにするしかないのです。

みんながそれを意識すればやがて政治や行政が変わり、制度や環境も変わっていくはずです。どんなことでもそうですが、世の中を変えるにはまず自分の意識を変えることが大事だと思うのです。

以前、ブログを通じて、あるご高齢の男性と知り合いになったことがありました。

「最近、携帯電話を買ってね、メールをするようになったんだよ。あなたのブログに出てくるような死に方はしたくないですからね」

その方はそうおっしゃると、私に携帯電話の番号とメールアドレスを教えてほしいと言ってくださいました。

「そうですか！　すごいじゃないですか！」

私は喜んでその方とメールアドレスと電話番号の交換をしました。

「でも携帯電話でメールというのは、難しいね」

「慣れですよ！　頑張ってくださいね。僕もあまり得意ではないですが……」

そんな会話をすることができたのです。

もともと好奇心旺盛な何事にも積極的な方で、パソコンもすでに活用されていたのですが、携帯電話だけはかたくなに持たない主義だったのです。が、私のブログを読んで携帯電話の必要性を実感して購入する気になったのだとおっしゃってくださいました。

この方を通して私は、孤立死を避けるための心がけとしていちばん大事なのは「積極的に生きること」ではないかと思うようになったのですが、それはひとつの真理ではないかとも思うのです。

本書が、〝積極的に生き〟充実した生き様を残せるような人生を送ってくださる〝きっかけ〟になってくれれば幸いです。
※この本の執筆に際して多くの方々のお世話になりました。
出版社の扶桑社のスタッフの方々や、ライターの白崎さん、デザインの穴田様、多くの方々のおかげで二冊目の出版が実現し、遺品整理サービスという業種が社会的に

も認知されるようになりました。

この現実は、私たち遺品整理業に携わる者にとって勇気とやりがいを与えてくれる大きな出来事です、本当にありがとうございました。

最後になりましたが、元東京都監察医務院院長の上野先生、興味深いお話をありがとうございました、簡単ではございますが御礼申し上げます。

吉田太一

文庫版あとがき

本書の巻末には、『死体は語る』の著者である、上野正彦先生との対談が収録されておりますが、私は先生とのお話の中で大きな気づきをいただく事になったのです。それは、私たちが行っている業務は考古学的視点を忘れずに行わなければならない仕事だ、という事でした。

故人が遺した遺品には、様々な人の生き様がそのまま残されており、会った事もない、故人の性格や生活スタイル、交友関係まですべてを感じ知ることができるのです。人は、多かれ少なかれ周りの人々の生き方を参考にして取り入れて、自らの生きる為の方向性を見出して生活をしていきます。しかし、昨今は個人情報の保護法などの施行により、友達やご近所など周囲にいる人たちの生き方を参考にする機会が減ってきているのではないかと感じます。一昔前までは、ご近所同士のコミュニケーションやそれぞれの自宅へ遊びに行く事によって、参考になる情報を共有してより良い生活スタイルを築いてきたのではないでしょうか。

その意味では、私たちのお仕事は日々学べる機会がとても多いありがたいお仕事だと思います。また、そこで学んだ事を多くの方にお伝えし、忘れかけていたなにかを思い出していただくためのお手伝いも同時に行っていかないといけないのではないかと思うのです。

本文中に紹介させていただいたように、遺品整理の現場にはそれだけ多くのドラマが残されているという事なのです。

この本を手に取って下さった読者の皆様には、一度だけでもかまいませんのでこのような事を頭に浮かべていただければありがたく思います。


二〇〇二年に遺品整理サービスを始めたころは、このサービスが世間にとって本当に必要なものであるのかという不安でいっぱいでしたが、九年間たった今、多くの方々からご依頼をいただけるようになり、たくさんの感謝の言葉をいただけるようになりました。また、書籍も出版していただけるようになり、ドラマや映画など多くのメディアに取り上げられるようになったのです。

シンガーソングライターのさだまさしさんが私の仕事を題材に『アントキノイノチ』（幻冬舎文庫）という小説を書いてくださったことも、大きな喜びでした。『アントキノイノチ』は、今年映画にもなりました。そのクランクアップの打ち上げで瀬々敬久監督が、「吉田さんが日本で初めて創業した遺品整理という大切なお仕事が、さだまさしさんに伝わり小説となり、さださんから私に伝わり映画の作品となりました。私はこの作品を通じて世の中に遺品整理という大切なお仕事をしっかりと伝えていかなければいけないと思っています」とおっしゃって下さいました。

その時、私は思わず涙が出て止まりませんでした。

このような思いもつかないような現実に戸惑いつつも、与えられた使命を誠心誠意遂行していこうと思います。

私の初めての本、『遺品整理屋は見た！』（扶桑社文庫）に続き、二冊目の本書も文庫化される事になって、とても感謝しております。

『アントキノイノチ』が映画化される事によって、幻冬舎の菊地さんからお声掛けをいただいた事がきっかけとなり、10月に刊行された単行本『私の遺品お願いします。

遺品整理屋の事前相談』（幻冬舎）の出版と合わせて、文庫化される事になったのです。

本当に吉田は運のいいやつだなぁと日々、感謝の気持ちでおります。

最後になりますが文庫化できたのは、多くの読者の皆様と出版社の菊地さんのご協力のおかげです。どうもありがとうございました。

二〇一一年秋　　吉田太一

本書は、著者が実際に体験した話をもとに構成されています。ただし、依頼主のプライバシーを考慮して、細かい部分については変更を加えております。ご了承ください。

この作品は二〇〇八年六月扶桑社より刊行されたものです。

遺《い》品《ひん》整《せい》理《り》屋《や》は見《み》た!!

天国《てんごく》へのお引越《ひっこ》しのお手伝《てつだ》い

吉田太一《よしだたいち》

平成23年11月10日　初版発行
平成24年7月20日　3版発行

発行人――石原正康
編集人――永島賞二
発行所――株式会社幻冬舎
〒151-0051東京都渋谷区千駄ヶ谷4-9-7
電話　03(5411)6222(営業)
　　　03(5411)6211(編集)
振替00120-8-767643
印刷・製本―中央精版印刷株式会社
装丁者――高橋雅之

幻冬舎文庫

ISBN978-4-344-41767-0　C0195　　よ-17-1